京都上賀茂、神隠しの許嫁
かりそめの契り

八谷紺

ポプラ文庫ピュアフル

雨に濡れた木々の匂いと、白檀の香りに包まれたその店には『古どうぐや　ゆらら』の看板が掛かっていた。

ぼうっと灯る行灯やランプに照らされ、古今東西あらゆる日用品が並べられている。看板の通り全てが古道具——長年大切に使われ、次の持ち主を待つ品々だ。

客は様々。必要だから買う者も、蒐集癖ゆえに買う者もいる。

稀に、必然的に迷い込む人もいる。

どうしてか、気づいたら店の前にいる。誘われるように、店へと足を踏み入れる。

そしてその客は、ひとときの夢を見るのだ。

時を経た古道具たちに囲まれて。彼らの思い出と共に。

ただしそのことは、誰も知らない。知られていない。

店を出れば、その記憶は消えてしまうから。

それでも、きっと——。

目次

洋傘と遣らずの雨

迎えに来てくれた。

その人を見たとき、なぜか私はそう感じていた。


祖父の墓に花を供えると、風に乗って白檀の香りがやってきた。どこかのお線香か、背後の智積院《ちしゃくいん》からだろうか。

膝を折り、線香に火を灯した。私が用意したのは、祖父が生前に好きだったすずらんの香りのお線香だ。

手を合わせる。祖父からもらったお守りと一緒に。赤い縮緬《ちりめん》で縫われたそれは、祖母のお手製だ。祖父のくれた櫛と祖母の手縫いのお守り袋。私の、大切なもの。

目を瞑ると、優しい風が頬を撫でた。

今日思い出したのは、小学校の授業参観のときのことだった。

母の代わりに私を育ててくれた祖父と祖母は、営んでいた道具屋を休みにして全てのイベントにふたりで出席してくれていた。それでもその日は祖父に外せない用事があり、祖母だけが来ていた。私はべつにすねてはいなかった。むしろ当日の朝まで残念がり謝り倒す祖父の優しさに十分幸せをかみしめていたほどだ。

なのに、祖父は登場した。授業もあと五分で終わる、というときに。

めずらしくスーツを着て、走ってきたのか汗を浮かべて。

そんな時間に現れた大人に、教室のみんなはざわめいた。私の祖父だとわかると、笑ったりからかったりするやつも出てきた。

それでも、私は嬉しかったのだ。とても。とっても。

私と目が合ったときに、笑顔でピースサインを見せてくれた祖父が、大好きだった。

「ええか、紅緒《べにお》。思い出はものすご大事なんや」

祖父はお酒を飲むといつもその話をした。ほどよく酔って、上機嫌に。

「けどな、忘れたってかまへん。いや、忘れるゆうのはちゃう、思い出さなくなるだけや。思い出さなくなってもな、思い出は消えへん。なくならへんのや」

だからだろうか。祖父は私との思い出をたくさん作ってくれた。あの日の参観日だって、そうなんだろう。

父と母のいない私が淋しくないように、そういう優しさはいつも感じていた。でも繰り返しそう言ってくれたのは、そのためだけではないこともわかっている。

目を開ける。見えるのは墓石だ。人見《ひとみ》家と書いてある先祖代々のお墓だけれど、私が知っているのは祖父ひとり。

線香の火を消し、お守りが入った小袋を鞄にしまう。立ち上がり目線を上げると、さっきまで見えていた青空が小さくなっていた。

「また来るからね」

私は墓地を後にした。

祖父が眠るこの場所は、京都は洛東《らくとう》にある智積院の奥にある。真言宗《しんごんしゅう》智山派《ちざんは》の総本山である大きなこのお寺はとても古く、広く、とにかく立派だ。国宝も所蔵しているし、近くには三十三間堂《さんじゅうさんげんどう》もあるし、観光客も多い。

正直、私は古いお寺はあまり好きではない。京都には多いけれど、なるべく近づかない場所でもある。

ただここだけは、ときどき来る。祖父がいるし、思い出があるから。

智積院に裏から入ると、紫陽花が色づいていた。ここは紫陽花も有名で、祖父母と何度も来た。溢れんばかりに咲く紫陽花に囲まれた私の写真が残っている。

六月に入った今、京都はもう真夏だ。今年は梅雨入りも早かったが、今日はありがたいことに晴れていた。しかし祇園祭《ぎおんまつり》まではじめじめとした日々が続く。大学に行くのも億劫になる。

鮮やかな紫陽花の間を歩いていると、ふとその隙間に傘を見つけた。

古そうな、それでいて大切に使われてきた雰囲気を携えた傘だった。紳士用と思われる大きさで生地は黒、持ち手は艶々と光沢さえある。

忘れものだろうか。見回しても、周囲に人影はなかった。

古い。その印象が私の手を止める。

古いものは苦手……というかなるべくなら触りたくない。

この傘は大丈夫だろうか。いや、傘が何十年も長持ちするとも思えない。それに落としものならせめてお寺の人に届けたい。大事にされていそうなものならなおさらだ。

私は息を吸って、その洋傘に手を伸ばした。そっと、指先で持ち手に触れてみる。

——大丈夫、そう。

ひとつ、息をつく。

その持ち手をしっかり握り紫陽花のなかから救い出すと、ぽつ、と雨が降り出した。

今日の降水確率はゼロだったはず。思わず傘を見る。もちろん人の傘を使うわけにはいかない。

いつの間にか空はすっかり暗く、厚い雨雲に覆われていた。さーっと音を立て始めた雨に追いやられるように、本堂の軒下へと逃れる。

夕立だろうか。通り雨だといい。新緑を濡らす青時雨は美しいけれど、ここから京阪《けいはん》電車の駅まではすこし歩く。せめて弱まってからと、スマホで天気予報を確認しようとしたときだった。

雨に濡れる紫陽花の庭から、ひとりの男性が姿を現した。

その瞬間、息が止まった。胸がぎゅうっと締めつけられる。

いきなり出現した驚きより、真っ白な長い髪をなびかせた美しさへの圧倒より。

胸いっぱいに、喜びに近い感情が込み上げてくる。

——意味がわからない。

頭は冷静で、自分につっこんでいる自分がいる。なのに耳がじんじんして、頭のなかに心臓があるのかと思うほど、異様で温かな感覚が私に押し寄せる。

男性がこちらに気づき、目が合った。

冬に咲く花のような、清らかで悠然とした佇まいの人だ。年は三十手前ぐらいだろうか。背は高く、和服姿が似合っている。

知らない人。そう、全く知らない。こんな人、一度でも見たら覚えているだろう。

「こちらでしたか」

低く、落ち着いた声だった。男性は私のほうへとやってくる。

――そうか、迎えに来てくれたんだ。

どうしてか、そんな答えが頭に浮かんだ。

一歩、一歩と距離が縮まるごとに、鼓動が鳴る。なんでこんな少女漫画の主人公みたいなことが私に。

男性が私の目の前で止まり、視線を落とした。

「探しましたよ」

「……え？」

つられて私も彼の視線の先を見る。

「か、傘？　え、あっ、ああ、この傘、あなたのですか」

途端、冷静な思考がなににも勝《まさ》った。いや、そのうえにすこしだけ羞恥がなくもない。

うん、ほんのすこしだけ。

「いえ、私のではないのですが」

あたふたする私に対し、男性は至極落ち着いた様子で言った。

私のではない、のなら誰かの代わりに探していたのかもしれない。とりあえず持ち主に返せそうでよかったと胸を撫で下ろす。

「見つかってよかったです」

はい、と傘を差し出すと、男性ははたと右を見た。雨はまだ強く降っている。それから私をもう一度見て「ああ」と頷いた。

「その傘は、人が持つと雨を降らすのです」

なにかの楽器のような美しい声。

そんな声が、不思議な日本語を奏で出す。

「え、っと、すみません、意味がわかりません」

「せっかくですし、お使いください」

「は？　いや、え、ちょっと待って、ますますわからないんですけど」

今度は冷静さも羞恥も飛んでいってしまった。

穏やかに語るその姿が逆にどこか恐ろしい。美しいだけに、奇妙さが際立つ。

「えっと、この傘の持ち主ないしはその知り合いなんですよね？」

私の質問に、男性はほんのすこし首を傾げ、思案げな表情を浮かべる。

「そうですね……今は持ち主は不在ですが、店のものといえばそうですし……となると店主の知人、ということであればそうなので」

顎に手まで当てて小声でぶつぶつと言う。

「まあ、概ね間違いないかと思います」

そのうえで、私をしっかり見つめ、答える。

ああ、うん。変な人に当たったかもしれない。

「ではお返しします」

ならばさっと離れてしまおうと、私は再び洋傘を差し出した。

しかし男性は受け取らない。

「雨も降っておりますし、傘も使っていただけたほうが喜ぶでしょうし、お持ちください」

「いやだから意味がわからないんですって」

人が使うと雨が降る、とか。傘も喜ぶ、とか。

この人はいったい、どういう世界に生きているのだろうか。そして私は、どう対応するのが正解なのだろうか。

雨がいっそう強く降る。まるで足止めするかのように。

「見たところ、ご自身の傘はお持ちではないようですが」

頼むから今すぐやんでほしいと願っていると、男性が言い出す。

「持っていませんが」

「ならば必要ですよね」

玲瓏とした笑みを浮かべられ、目を逸らしてしまう。

「いや、それはあなたも同じですよね？　っていうか、持ち主のようなものなら、ちゃんと引き取ってくださいよ」

「私は雨など……ああ、ならばお貸しします。それならどうでしょうか」

「……は？」

さも名案、のように言うけれども。

どうしてそんなにこの傘を私に使わせたいのかが全くわからない。親切心や優しさではない、かといって下心でもない得も言われぬ奇妙さが感じられて、薄気味悪さが私の背筋を走っていく。

「えっと、この傘、とっても大切に使われているようにお見受けしたんですが」

握ったままの傘を見下ろす。持ち手の素材まではわからないけれど、使い込まれたであろう艶が美しい。

「ええ、とても大切にされていますよ」

男性は物柔らかに頷いた。

「ならどうして、そんな簡単に人に渡すんですか」

『道具は粗末にしたらあかん』

祖父の教えだ。道具屋を営んでいた祖父は、店のものも家のものも同じように丁寧に扱い、手入れも怠らなかった。

おかげで家には大切に使い続けている道具が山ほどある。さすがに百年以上の逸品、みたいなものはないけれど。祖母も私も、新しいものをほしがる性分でもなく、手に馴染んだ道具を壊れないように活躍させている。

だからだろうか、どうしても納得がいかない。

「それは」

しかし男性は、私の問いに戸惑いを見せなかった。

「道具は、人が使ってこそだからです」

すっ、とした言葉だった。

『道具は飾るもんやない。使うもんや』

祖父の声が蘇る。誕生日にもらったガラスのコップがあまりにかわいくて、使えずにいたときのことだった。

『大切に使《つこ》うてもろたら、コップも喜ぶさかい』

さっき、この人も同じことを言っていた。傘も喜ぶでしょうと。

とはいえ、使うと雨を降らすという言い分はわからない。それに人が使ってこそと言うけれど、それはこの人が使ったとしても同じだと思うのだが。

もう一度傘を見る。

「お貸ししますよ」

私が答えないことを了承とみなしたのか、男性はそう言って一歩動いた。雨はまだ降っているのに、躊躇せず軒下から出ていってしまう。

「え、あの、ちょっ……ど、どこに」

待ってくれ、という言葉は出てこなかった。

男性が振り返る。

「どちらに、返しにいけば」

今すぐ返せばいいじゃないか。冷静な私が頭のなかに戻ってきて言う。

遠くから、人を呼ぶような声がした。その声に男性の意識がすこし向いたところをみると、呼ばれているのはこの人なのかもしれない。

「傘に、聞いてみてください」

雨の音が、周囲の音が、全て消えた。

なのに「ましろさまー」と呼ぶ声だけが微かに聞こえる。

それに応えるように男性は顔を向けてから「では」と私に目礼し、雨のなかへと進んでいく。

やがて紫陽花の庭の向こうから、少年と和装の男性が現れ合流した。少年になにやら言われ、和装の男性には被っていた菅笠を譲られようとしている。そしてあの人は薄闇のなかに見える遠くの光のように影を残し、紫陽花の木々のなかに消えていった。

途端、音が戻る。

雨がざあざあと降り注ぎ、本堂の屋根を、木々の青葉を叩く。

手元を見る。そこにちゃんと洋傘はある。

当たり前だけれど、それがどこか不思議だった。狐につままれるとはこういうことをいうのだろうか。

しかし足下に雨が染みてくるように、だんだんと現実感が戻ってくる。

意味がわからない。

今日何度目かの釈然としない思いにため息が出た。

最初のあの感覚はなんだったのだろう。どうして迎えが来たのだと思ったのか。全く知らない人に、なんの感情を抱いたのだ私は。

あまりの美しさに一目惚れ……のわけない。絶対ない。

でも一番わからないのは最後だ。

どうしてあの人は、傘に聞けなどと言ったのだろう。私のことなんて、なにも知らないはずなのに。

空に向かって傘を広げる。ずっしりとした紳士用の洋傘には錆ひとつなく、私を雨から守ってくれた。

京阪から叡山《えいざん》電鉄に乗り換え、最寄りの修学院《しゅうがくいん》駅に着いても降り続けていた雨は、家の軒先で傘をたたんだ途端に止んだ。もしや呪いとかいわく付きの傘なのでは、とまじまじ見ても普通の傘にしか見えない。いや、呪物の見分け方なんて知らないけれども。

とはいえ、外に置いておくのはさすがにと、玄関の隅に傘を置いた。

きちんと、返せるのだろうか。返すときは、またあの人と会えるのだろうか。

「ほんなら私はお豆さんの卵とじとお味噌汁作るし、紅緒は適当におかず作ってな」

エプロン姿の祖母が手を洗いながら言う。

「え、ああ、うん」

「さっきからえらいボーッとしてはるけど、どしたん？　休んでもええよ」

「ううん。ごめん、大丈夫」

ちゃんと作るよ、と冷蔵庫を開けると、背後から祖母の「うふふ」というかわいらしい声が聞こえてきた。

「好きな人でも出来たん？」

「は？　なんで？」

唐突な言葉にまごついて、冷蔵庫のドアに肩をぶつける。振り返ると祖母がいたずらっぽく目を光らせた。

「だって紅緒ちゃん、ずっと上の空やし。気ぃついたら、白いもんじいっと見つめてるし」

祖母が私をちゃん付けで呼ぶときは、心から愉しんでいるときだ。とくに祖母はいつまでも乙女なところがあって、恋バナや恋愛ドラマが大好きだったりもする。

「いや違うし」

そうは言いながらも、白いものをじっと見つめていると言われたのが気恥ずかしかった。いや、断じて、あの白い髪を思い出していたわけではない。

平静を装って、冷蔵庫から牛肉と豆腐を取り出して閉めた。広くはない台所、祖母とうまいことスペースを譲り合って料理しなければならない。

それでも、ふたりで料理をするのは中学生のときからの日課だ。祖母は私がひとりでも生きていけるようにと、料理も洗濯も掃除も、お金の管理も、全てを教えてくれた。

祖母は高校生のときから『母』で、祖父は『父』だ。

産みの母にはもう十五年会っていない。遺伝子上の父はもともと知らない。

「ええやないの、好きな人のひとりやふたりや三人ぐらい」

「三人て。なに、おばあちゃんはおじいちゃん以外に好きな人いたん？」

私が聞くとそら豆をさやから出して包丁で切り込みを入れながら、祖母がまた「うふふ」と笑う。

「私は留吉《とめきち》さん一筋や」

当たり前やろ、と胸を張る祖母は、かわいらしかった。

「はいはい、ごちそうさまです」

肉豆腐を作るべく、台所の戸棚を開けるとキイィと音が鳴った。

中古で買ったこの家は、築年数はともかくデザインが古かった。キッチンというよりも台所だし、部屋は全て畳。友人が来たときには「昭和って感じ」と称された。さすがに水回りはリフォームされていたものの、昔ながらの急な階段はそのままで、祖母はもう二階に上がらないようにしている。

それでも三人で探した、住み心地のいい家だ。

私が高二のとき、祖父は人見道具店をたたんだ。駅前の小さなアーケードに構えていた店舗は住居も兼ねていたけれど、手放した今はおしゃれなパン屋になっている。

名残惜しむ高校生の私に『思い出はここにあるんやない。紅緒の心にあるんやさかい、なくならへんやろ』と笑顔で言ってくれたのを覚えている。

そんなに広い家はいらんと三人で不動産屋を回って、この家を見つけた。最初こそ見た目の古さに私は躊躇った。祖父母も気にかけてくれたけど、築年数は三十年ほどだったし、実際に内見してみて平気そうだとわかった。

二階建ての青い屋根の家。奥には坪庭もあって、侘助椿が咲く。二階の窓からは比叡山がすぐそこに見えた。

三人でここに決めて、引っ越して、自分たちの新しい家を作った。

祖父が亡くなったのはそれからすぐ。まるでわかっていたみたいねと、葬式を終えた後に祖母が呟いた。

今は祖母とふたり、前の家から持ってきた家財道具と共に生活している。どれも祖父母が手入れをしながら丁寧に使い続けてきたものだ。とはいえ、そこまで古いものはなかった。私に配慮してなのか、我が家で一番古い簞笥は特定の季節や行事で使う道具と共に奥の部屋へと置かれている。

あの箪笥だけは――そこまで考えて、あの人の言葉を思い出した。

傘に、聞いてみてください。

「またお豆腐じいっと見つめて。そんなんしてたら、湯豆腐になってまうで」

「いやならへんし」

「そんなんわからんえ。見つめられてお豆腐さんも恥ずかしなってまうかも。そしたら肉豆腐よりあったかいやっこさんにしよか」

「もうごめんて。ちゃんと作るから」

調子よく喋りながらも、祖母は手を休めない。いつの間にか茹でたそら豆の薄皮を剝き始めている。

あれこれ考える前に手を動かそう。そう思って私も豆腐の水切りをし、玉葱とえのきを用意する。

しかしその手元を見て、白っぽいものばかりなことに気がつき微妙な気持ちになってしまう。

気にならない、といったら嘘になる。でも恋とか運命とかそういうのじゃない。

あの傘を手に帰るあいだ、もやもやとしたものが胸に広がっていくばかりだった。

最初こそ全く知らないと思っていたけれど、時間が経つにつれ、どこかで見たことがあるような気がしてきてしまう。

でもあんなに目立つ人――白い髪に整った顔立ちに優雅な立ち姿――は、記憶にある限り私の十九年の人生のなかに存在しない。

じゃあなぜ、と考えたときに頭をよぎるのは、記憶のないあの日のこと。

四歳のとある一日。祖父に『神隠しちゅうて、道に迷った紅緒を神さんが見つけてくれたんや』と言われた日。

私はその日のことを、一切覚えていない。まあ四歳のときのことなんて、そもそもほとんど覚えていないのだけど。でも――その日だけは、なくしてしまった、という感覚があった。あの日以来、私は――。

「紅緒」

玉葱が目に染みた。隣に立つ祖母が卵を割りながら柔らかい声で私の名を呼ぶ。

「難し考えんと、気楽にしとったらよろし」

「……どしたん、急に」

左に立つ祖母を見る。

「あんたはすーぐ考え込むさかい。黙った思たら頭左に傾いてバレバレやで」

「バレバレて」

「ええやないの、気になる人が出来たんやったらそれで。その気持ちだけはほんまもんや」

誰にも迷惑かけへんしな。

そう祖母は続けてにやりと笑った。

「え、まだその話やったん。しつこい」

「しつこいて失礼な。かわいい孫のことを案じてるんよ私は」

すっ、と身体が軽くなった。

そうだ、私は祖母にも祖父にもずっと大切にされている。目が覚めたら祖父母の家にいたあの日以来、母とは別に暮らすようになった。幼心に私もそれをなぜか理解したし、祖父母は親代わりになってくれた。あれから母と会うことはなく、十五になったときに、母とは縁を切り、祖父母と養子縁組をした。

母になにがあったのか、祖父母は詳しく話しはしなかったけれど、もしかしたら神隠しが原因なのかもしれない。私がなくした記憶に、理由があるのかもしれない。

でも、もうとうの昔に吹っ切っている。

「感謝してます、ふたりには」

私が言うと、軽快に卵を溶く祖母が笑った。

「ええの。なんでも持ちつ持たれつや」

久しぶりに聞いた、祖父の口癖のひとつ。

そやね、と私も頷き、えのきの石突きを切り落とす。

今さらなくした記憶について考えてもどうにもならない。それに、祖父は繰り返し言ってくれた。思い出は消えへん、なくならへんと。忘れたなら忘れたままでいいのだと自分でもわかっていた。

なのに今、胸がざわついている。

もしかしてそのとき、私はあの男性と会ったりしたのだろうか。

「さ、お腹空いたしはよ作って食べよ」

祖母の明るい声に引っ張られるように、私も手を動かした。おだしとお米の炊けるいい香りが漂い始める。その香りを胸いっぱい吸い込んで、私は琺瑯《ほうろう》の鍋に酒とだし汁を注いだ。

本当は神隠しに遭った四歳のあの日になにがあったのかすこしでも知りたがっている自分を、隠すように。


明日から旅行に出かける祖母は早めに床についた。私も邪魔しないようにさっさとシャワーを浴び、自室にこもる。授業の課題もあったけれど、どうしても手につかなかった。ベッドに転がり、意味もなくスマホを眺める。ひらひらのワンピース、海色のネイル、主張激しめのメイク。明るくて、きらきらした写真がスクロールするたびに出ていっては消える。

わかっていた。さっさとやってしまったほうがいいことぐらい。いつまでも頭の片隅にあって、そわそわして、でも先延ばしにしてしまうダメな感覚。それならさくっと取りかかって、出来ても出来なくてもとりあえず終わりにしてしまえばいい。

なのにまだうだうだしている。もしあの傘に、返す場所を聞けてしまったらどうしようって。

だってもし出来てしまったら——傘に声があったら。

なんであの人はあんなことを言ったのだろう、どうして私が傘に聞くことが出来るって知ってるんだろう、そんな疑問がわいてしまう。

私のこと、知っているのか、と。

傘に聞いてみてくれなんて、普通は言わない。聞けるはずがないんだから。

傘は喋らない。

当たり前だ。傘は道具。動物なら鳴き声があるし、人とも多少のコミュニケーションは取れるだろう。でも道具にはそれすらない。道具は喋らない。

そう、それが当然のこと。百人に聞いたら百人がそう答えるだろう。

でも、私は違う。その百人には入れない。

アプリを閉じる。午後十時。あまり遅くなるのもいやだと気合いを入れる。枕元に置いていたお守りを握る。

音をなるべく立てないように、そっと階段を下りた。

初めてそれに気づいたのは、四歳の頃。そう、神隠しに遭ったあと。それ以前にはなかった。幼い日の記憶なんて曖昧だけど、そこは自信がある。

私は、道具の声が聞こえる。

最初はどれだったのだろう。覚えていない。でもはっきりしているのは、あの奥の部屋にある古簞笥。今家にあるもので唯一、彼は喋った。手で触れれば、彼の声が聞こえる。

でも、もう何年も話していない。

古いものは——とくに道具は、苦手だ。

玄関の灯りを点ける。祖母の部屋は奥だし大丈夫だろう。

洋傘は立てかけたときのまま、そこにあった。

そんなに古そうには見えない。最初に触ったときも声は聞こえなかったし。

正確な基準はわからないけれど、相当古いものでなければ声は聞こえてこなかった。私の感覚だと五十年か六十年以上……祖父母が子どものときからありそうなものは喋る可能性が高い。といっても見た目で判断出来るわけでもないから、古そうなものは避けてきた。

彼らはまるで生きている人間のように喋る。しかも声も喋り方もみんな違う。あの古簞笥なんて、ノリの軽い関西弁で、さも私の兄みたいなていで話す。

道具が喋るわけがない。わかっている。幼稚園の友だちには馬鹿にされたし、先生には妄想だと思われた。

唯一、聞いてくれたのが祖父だった。『ものには魂が宿ることがあるっていうぐらいや、紅緒はそれがわかるんかもしれんな』と疑いもせず、かといってすごい能力やともてはやすわけでもなく、ただそうかそうかと聞いてくれた。

それでもやはり、道具が喋るのは、その声が聞こえるのは普通じゃないとわかっている。

それになかには、触れてしまった途端に悪態をつくものだってあった。延々と恨み辛みを語るものも、はっきり言ってすくなくない。うっかり触れて、自分とは関係ないのに勝手にダメージを受けて、疲弊することも多かった。

やがて、私は古いものには触れないようにした。意識的に。十歳の頃には、苦手意識と恐怖心を持つようになった。

もうずっと、どの古道具の声も聞いていない。あの古簞笥も。

上がり框に腰を下ろし、そっと洋傘へと手を伸ばす。

訊ねたところで返ってこないかもしれない。それでも、気になるのならやってみるしかない。

お守りを左手に握る。なかに入っている櫛の堅さが確かな感触としてそこにある。

まだ乾ききっていない傘の持ち手に手を置いてみた。

――やはり喋らない。

深呼吸をひとつする。

あの人は、傘に聞いてみろと言った。

「……どこに、返したらいいでしょうか」

しかしどう訊ねるべきか考えておらず、一瞬言葉が出てこなかった。傘にとっては返却場所なのか、帰宅場所なのかもわからない。

『上賀茂《かみがも》でございます』

「っ、は、はいっ」

これでいいのかと迷う間もなく丁寧な返事が聞こえてきて、思わず声が裏返ってしまった。

とても綺麗な発音だった。声的には落ち着いた紳士を思わせる。きっと髪はグレーのオールバックだ。

『驚かせてしまい申し訳ございません』

「い、いえ、こちらこそ驚いてしまい申し訳ありません」

洋傘に向かって頭を下げると『滅相もありません』と聞こえてきた。物腰が柔らかい。

息をつく。ひとまず悪い道具ではなさそうだ。

もう一度傘を眺める。そんなに古いのだろうか。さっきスマホで調べてみたら、傘の寿命は五、六年と書かれていた。

「あの、質問してもいいでしょうか」

傘を寄せて私の右隣に立てかけた。持ち手に手を乗せたまま、小さな声で聞いてみる。

『ええ、どうぞ』

「ええと、作られ……お生まれになったのはいつ頃でしょうか」

道具には間違いないのだけれど、やはり話が出来るとなるともの扱いはしにくい。

『大正でございます』

「えっ、大正って、あの大正？」

『わたくしの存じ上げる大正以外に大正がなければ、その通りかと』

大正時代が正確に何年かは覚えていないけれど、なんとなく百年ぐらい前だった気がする。

「傘ってそんなにもつの……」

思わず口をついて出た言葉に、洋傘の紳士は静かに笑った気がした。

『さてどうなのでしょう。わたくしが特別とも思えませんが、同世代に会えた試しはありませんね』

「ですよね……って、いや、あ、いやもう単純にすごいです。大切にされてきたんですね」

『幸せに存じます』

あの男性の姿を思い浮かべる。ぶつくさ言っていたことから察するにあの人がずっと使っているわけではないのだろう。百年ともなれば、持ち主だって代わる。

「明日、傘を返しにいこうかと思うんですが、案内していただけますか」

その歴史を知るとますます粗雑に扱うわけにはいかなかった。きちんと返さねばだし、私もそうしたい。

『勿論でございます』

洋傘は柔らかな物腰で答えてくれた。丁寧だし、きちんと会話が出来るし、これなら平気そうだと胸を撫で下ろす。

「もし……その、帰れなかったらどうするつもりだったんでしょうか」

無事に話をすることが出来た。

けれど、それはものすごく稀なことなのだ。だって普通、道具と話なんて出来ない。それともあの男性があんなことを言ったということはこの傘が特別なのだろうか。

『と申しますと』

「あ、えっと、もしかして傘……あなたは誰とでも話が出来るんでしょうか」

『いいえ、残念ながら出来かねます』

「ですよね。私と話が出来なかったら帰れなかったんじゃないかと思って」

ああ、と洋傘が頷いた気がした。実際は動いていないけれど。感覚的に。

『きっと大丈夫だと思っておりました』

「え？」

大丈夫、という言葉がすんなり理解出来なかった。傘はもちろん微動だにしないのだけど、ゆったりと佇んでいる雰囲気がある。

「あの男性もそうだったんでしょうか」

なにが大丈夫なのかはわからないけれど、百年生きた傘にはなにかしらの力があるのかもしれないと、一応飲み込んでおく。

『ああ、眞白《ましろ》様ですか。いいえ、あの方はきっと返ってくるとは思っておられないかもしれません』

う。

「やっぱり」

最初は譲ると言っていたぐらいだから、傘に聞けというのは口実に過ぎなかったのだろう。

「じゃあ返しに来たら驚くかも」

私の一言に、傘が「ええ」と喜んだ気がした。

『ぜひ、驚かせてあげてくださいませ』

落ち着いた紳士かと思いきや、すこし茶目っ気もあるのだろうか。目の前にあるのは洋傘なのに、口ひげのおしゃれな紳士がウィンクしている姿が見えるようだ。

「では、明日よろしくお願いします」

そう言ってふと、もうひとつ疑問がわく。

「あの、もしかして明日も雨降ります？」

私の質問に、洋傘が一瞬沈黙した。

『不本意ですが、左様かと』

申し訳なさそうな声に笑ってしまう。

傘なのに雨が降るのは不本意なのか。

「雨の対策していきますね」

『ご不便をおかけしてしまい、申し訳ございません』

いつの間にか不安や緊張は消え去っていた。むしろこの傘と話せた安心感さえ今はある。

それはこの傘の人柄——道具柄とでもいうべきか、人となりのおかげかもしれない。

とはいえ、あの男性の奇妙さはまだ払拭出来ていない。

なんにせよ、とりあえずなんとかなりそうだとほっとしながら、私は洋傘におやすみなさいを告げた。


雪の積もる庭だった。

まだ降り始めなのか足が埋もれるほどではない。

下駄を履いた私はその庭の隅へと向かう。着物のせいか歩みは遅い。

息は白い。指先はかじかむ。

それでも、心はうきうきとしていた。

早く会いたくて。

話したくて。

うっすらと雪に覆われ始めた木々の端に見えたのは。

雪と見紛うような、白椿の花だった。

『どうかなさいましたか』

危うくバスを降り損ねそうになって慌てた私に、洋傘が優しく声をかけてくれた。

「いや、すみません。うっかりしただけです」

小声で答えて傘をさす。

今朝、めずらしく夢の途中で目が覚めた。普段、滅多に夢は見ない。それなのに、今朝は違った。なんだか懐かしいような、温かいような、悪くない夢を見た。雪が降っていたことは覚えている。

いつも枕元に置いているお守りを、起きたときには握っていたのも引っかかっていた。それらが気になってしまい、となると他にも気になっていることが芋蔓式に出てきてしまい、うっかり乗り過ごすところだったのだ。

そろそろではありませんか、と洋傘が声をかけてくれなかったら賀茂《かも》川を越えて、西の方へと行ってしまうところだった。

「とりあえず上賀茂神社に行けばいいんですね？」

『左様でございます』

彼の宣言通り雨が降るなか、北山《きたやま》通りから賀茂川の側道を上り始めた。

上賀茂神社への最短ルートは他にあるだろうけれど、これが一番わかりやすい。雨が降っていなければ河川敷を歩いただろう。

葉桜の下をゆっくりと進む。降水確率は二十パーセントだと朝のニュースで言っていたのに、傘を持って家を出たときから雨が降り始めた。幸い昨日ほどの強い雨ではなく、絹糸のような細く静かな雨だった。

「あなたを使うと雨が降るって言ってましたけれど、その……なんかこう、変わった謂《いわ》れとかあるんですか」

さすがに呪いや妖怪の類でしょうかとは言えない。

『さて、どうなのでしょう。ただご主人様にはお前を持つと不思議と雨が降る気がするよとは言われておりました』

「大正時代の？」

『はい。しかしわたくしに斯様な力があるとも思えませんので、きっと雨男と同じようなものではないかと』

なるほど、と頷く。数秒後、いや百年近く使えているというだけでなにか不思議な力が働いているとしか思えませんと内心つっこんだ。

雨のおかげか道を歩いている人は少なく、傘と会話していても気にする必要はなかった。大正時代の話を聞いたりしているうちに御薗橋《みそのはし》が見えてくる。そこを東に曲がれば上賀茂神社だ。

「あれ、なんか記憶にある景色と違う」

『最近、道路も整備し直され、歩きやすくなったようですね』

「やっぱり。なんかすごい、鳥居が大きい」

単純な私の感想に、洋傘が控えめに笑った。

ここまで来るのは久しぶりだった。それこそ神社は初詣と夏越の祓えのときしか行かない。

大学で出来た友人らには「せっかく京都にいるのに」と言われるけれど、古いものが苦手だということを抜きにしても、住んでいたら観光地にはあまり行かないものだ。

洋傘の案内で、神社を左手に東へと向かう。雨でも上賀茂神社には参拝客がちらほらと歩いていた。

「こっちのほう、初めて来ました。雰囲気があって綺麗ですね」

洋傘と話せるとわかっていると、どうしても無言で歩くことが出来ない。いちいち感想を口にしてしまう。

道に沿って小川が流れ、古い和風邸宅がその向こうに並ぶ景色は印象的だった。

各住宅の門へと小さな橋がかかっており、小川を越えて家へ入る形だ。土塀の向こうには緑が見え、雨に濡れた木々と小川の波紋がまた美しさを増していた。

『左様でございましたか。こちらは上賀茂神社の社家町と呼ばれております』

「社家町？」

『はい。神主や神職の方の住宅が集まる場所です。この川は明神《みょうじん》川といいまして上賀茂神社の境内から流れており、屋敷のなかに引き入れている庭園もあるそうです。神職の方が身をお清めになる際にご使用されたとか』

「詳しいですね」

『長年生きておりますから』

「説得力がすごい」

思わず笑ってしまう。傘に案内してもらいながら歩くのは楽しかった。雨は憂鬱だけど、こんな傘と出かけるのならいい。

『国の重要伝統的建造物群保存地区にも選定されており、とても貴重な町並みなのですよ』

「貴重なのは伝わりました」

たぶん国の重要なんとかを繰り返すことは出来ないだろう。洋傘ににっこりと微笑まれた気がする。

淀みのない清らかな小川の横を進み、やがて北へと曲がった。案内されるがままに歩いていると、古民家が見えてくる。

明神川沿いの土塀に囲まれた雰囲気とは違うけれど、大きな平屋のお屋敷だった。立派な門があり、玄関までは飛び石が並ぶ。

ただ、とても古い……というか、寂れていた。

玄関戸の横に『古どうぐや　ゆらら』と書かれた看板が置かれてはいるものの、どう見ても店はやっていない。看板は埃を被っている。門から横に見える庭は手入れされているように見えるものの、つくばいに柄杓はなく杓架だろう竹もぼろぼろになっていた。

「えっと……ここ、ですか？」

人の住んでいる気配がなかった。建物自体はまだ傷んでいなさそうだが、昼前なのにその姿は夕影草のように、ひっそりとしていた。

『左様にございます』

洋傘は淀みなく答えてくれる。もしかして化かされたりするのだろうか、とここに来て疑ってしまう。この傘の正体が狸とか。

そこまで想像して、いやこの洋傘がそんなことをするようには思えないなと考え直した。出会って二日目だけど。

「ごめんください」

目的はきちんと達成しよう。そう思って外から声をかけてみる。インターフォンのようなものは見当たらなかった。

「すみませーん。どなたかいらっしゃいませんか」

予想通り反応はない。

『どうぞ戸をお開けください』

どうしようかなと思ったところで洋傘にそう言われた。

「いいんですか」

『ええ、構いません』

洋傘が言うのならいいのだろうか。不法侵入にならないだろうか。

まあ、傘に聞けと言った人がいるのだから、もし咎められても傘に許可をもらいましたと答えよう。

そう思って引き戸に手をかける。木の格子になっているそれは、京町屋でよく見るものに似ていた。

「ごめんください」

傘を閉じ、手に力をかける。

すんなりと、戸は動いた。

瞬間、なかからさあっと風が吹く。

それは白檀の香りを乗せていた。清らかにも思える空気が私を包む。

闇闇としたそこへ、ひとつ、またひとつと明かりが灯る。目が慣れていくと、それらが行灯やランタンだとわかった。上下左右不規則に、星のように光が並んでいる。

どこからか、耳に音が届く。さゆらぐそれは、遠くで騒めくような、かすかに弾かれた楽器のような、不思議な旋律を奏でていた。ささやいているのか、笑っているのか。高く、低く、ゆったりと、スピードに乗って。

仄めく世界に照らされるのは、箪笥や薬箱の木製品や、食器、竹籠などの道具だった。火影を生むそれらは、どれも新しそうには見えない。看板にあった通り、古道具だろうか。でも、嫌な感じはしなかった。

そのどれもが、丁寧に、大事にされてきたというのがどうしてかわかる。

懐かしい。

なぜかそう感じた。私はこれを知っている。この場所ではなく、これを知っている。

幻想的。そんな言葉がぴったりだ。

さっきまで上賀茂の社家町を雨のなか歩いていたはずなのに、それがまるで遠い過去のような気さえしてしまう。

ゆっくりと古道具たちの間を歩く。香りも、音もついてくる。明かりが優しく足下を照らしてくれる。

やがて暗闇のなかに、ぼんやりと白く浮かぶものを見つけた。

ああ、そうだ。これは。

まるでずっと探していたものを見つけたときのように心が逸る。だけど駆けたりはしない。ゆっくりと、それに近づいていく。

白い椿だった。

そう、これが。

手を伸ばす。私の背丈よりすこし大きなその木に咲く大輪の白椿に触れようと近づく。

これが、私の――。

あとほんの数センチ。

そのとき、急にあたりが明るくなってしまった。

そして目の前、手を伸ばした先に。

「ぎゃあああっ」

あの白い髪の男性が立っていた。

「……驚きましたがそのような……ウシガエルが踏みつけられたような声を出さずとも」

「ウシガエルはもっと低いです！」

「ではカラス……？」

「いやそんなことどうでもいいですって！」

気づけばあたりは一変していた。ランタンや行灯はあるけれど明かりは灯っていない。古道具も並んでいるけれど、先ほどよりもだいぶもの悲しい雰囲気がある。

玄関からだいぶ進んだと思ったけれど、ほんの二メートルほどだった。他に音はしないし、白檀もほんのり香るだけだ。

薄暗い、埃っぽい、元は店だったろう空間に私とあの男性と。

「ご再会、誠におめでとうございます。それではご結婚の準備を始めましょう」

全く見覚えのない、謎の古めかしいスーツを着た紳士が横に立っていた。

「えっと……どなたでしょうか……」

なんか今よくわからないことを言われた気がするのだけど。さっきからそんなことの連続でいい加減頭がこんがらがってきた。

「申し遅れました。わたくしは商羊《しょうよう》と申します。ゆららにて厄介になっている身でして……そうですね、こちらの執事だとでも思っていただければ」

「執事ってあの執事？」

言われてみればそれっぽい。口ひげが上を向いていて、黒い髪は艶々と撫でつけられ、物腰が柔らかい。五十歳ぐらいだろうか。

ええ、と頷く紳士にあの男性——眞白とかいう人が何事かと問うている。明らかに顔は怪訝そうで、私のことをじっと見ている。

いくら綺麗な顔立ちでも、さすがにそれはちょっとムカついた。和服は似合っているけれど、時代劇に出てくるいけ好かないやつみたいだ。

男性は紳士になにかを耳打ちされている。私にはほぼ聞こえないけれど、何度か確認するようなやりとりがあった。

そして何故か。

「紅緒でしたか！」

何故か私の身体が宙に浮いた。

「へっ、え、ちょっ、なんなんですか！」

抱き上げられている。細身に見えたこの人に私を持ち上げる力があったのかと思うほど高かった。抱き上げたというより……これは子どもにやるあれだ。たかいたかい。

不測の事態とこの高さに暴れたり身を捩《よじ》ったりする気も起きなかった。しかもなんで私の名前を知っているのだ。呼び捨てにされる筋合いもない。

昨夜、洋傘と驚かせようとは言った。それは成功している。しているけれど、こうじゃない。

その顔を見る。さっきとは打って変わって喜色満面。整った大人の顔がきらきらしているのは、べつに嫌いじゃない。嫌いじゃないけど、やっぱりこうじゃない。

「降ろしてください」

とりあえず色々と疑問だらけだし、なにかと失礼だし、冷静にそう訴えてみた。

すると眞白と呼ばれる男性の表情がすっと消えた。

すとん、と地面に降ろされる。その動作は優しく、私はよろめくことなくその場に立てた。

「お帰りください」

「え？」

「結婚はしません。婚約も、こちらから破棄させていただきます。どうぞ、お引き取りください」

しかし続く言葉についていけない。いや、この建物に入ったときから全くついていけていなかった。あの幻想的な風景も突然現れた紳士も、目の前にいるこの男性の態度も。

混乱しか私に寄越していない。とはいえ。

「いやちょっと待ってください。色々と意味不明過ぎるんですが」

「わからないままで結構です。いえ、知る必要もありません。お帰りください」

「は？　いや結婚とか婚約とか全く身に覚えのないことを突然言われたうえに知る必要ないとか、理不尽なんですけど」

男性の顔が曇った。右手を口元に添えてなにかを考えている素振りを見せる。

「……人違いです」

「……は？」

「あなたではありません。商羊が別の方と間違えていたようです。失礼いたしました」

「いやいやいやいやいや！　めちゃめちゃ嘘ですよね！　私の名前呼んでましたし！」

「……いえ、呼んでおりません」

「いちいち黙るし目は泳ぐし、嘘つくの下手すぎですか」

なんなんだこいつ。と腹の底からため息が出た。後ろに控えていたあの執事もはらはらした表情で見守っている。

イケメンなら許される。そう思っていた時代が私にもあった。が、撤回させていただく。

「あの、私だってべつに結婚してくれとか言わないですよ。意味わかんないですし、そんなつもりもないですし。ただ事情が飲み込めないのが嫌なだけで」

いきなり結婚の準備と言われただけでも衝撃を通り越して不可解極まりないのに、さらに婚約破棄宣言。した覚えのないものを破棄されるとはどういうことなのか。

私が詰め寄ると、男性は再び思案に暮れるような表情を浮かべた。

またバレバレの嘘をつく気なのだろうか。うんざりした気分で待っていると、その目が私をすっと射抜いた。

「詳細を話す気はありません。ですが理由を知りたいと言うならば、人間と共に生きてはいけないから、と申しておきましょう」

瞳は、深い緑色だった。鉄色というのだろうか。黒っぽい青緑。薄暗くて今までわからなかったのに、なぜか今ははっきり見える。

人間と共に生きてはいけない。

その言葉の真意は測りかねる。けれどそれだけは、嘘には聞こえなかった。

全てを拒絶したような声。

さすがに思うところがあるのか、執事がなにか小声で言っている。しかし男性は聞く耳を持たず、左手を上げて遮ってしまう。

私もそこまで人付き合いが得意じゃないし、友人も多くはない。だけどそんな風に思ったことはなかった。だって、生きていく以上誰かしらと関わることになるのだから。

そこまで言うほどのなにかが、この人にはあったということだろうか。

「それに、忘れた記憶を取り戻す必要はないのですよ」

黙ってしまった私に語りかけるように、優しい声音で男性が言った。

たしかに言った。頭のなかで今言われたことを繰り返す。

忘れた記憶。

男性の顔を見る。昨日傘を借りた以前に、この人の存在は私のなかにない。月日が経って変わった可能性もあるけれど、それでも思い当たる節すらなかった。

なのにこの人は、私の名前を知っていた。

頬がちりっと焼けるような感覚。

私の、抜け落ちたように記憶のない、あの日。

「もしかして、神隠しと関係ありますか」

私の言葉に、男性は明らかにぎくりとした。視線も逸らされる。

「……いえ、違いますよ」

限りなくクロだ。

「私、過去に神隠しに遭ったことがあるんですが、その記憶がないんです。もしやそのとき、結婚の約束でもしました？」

「……いえ、違いますよ」

「四歳です。そんなときの約束なんておままごとみたいなものですよね？　破棄もなにも、真剣な話ではありませんよね？」

「……いえ、違……いえ、そうですね」

「嘘つくとバレると思って定型文で返そうとしてますよね」

なんなんだこの人。呆れてため息も出なくなってきた。男性は私の顔を見ようともしなくなった。控えている執事も頭を抱えている。

「べつに過去になにがあったっていいんです。今は幸せですし。忘れたほうがいい記憶なのかもしれないこともわかっています」

でも、と息を吸う。

「ずっとなにか大切なものが欠けてしまったような感覚があるんです。取り戻せるなら、取り戻したい」

なくなったわけやない。

そう祖父は繰り返し説うてくれた。思い出さなくっていい。消えたわけじゃないのだと。

小学校に入学し、生まれてから今までの自分を振り返ろうという授業で初めて、なにかが足りないという違和感に気づいた。

祖父母と暮らすきっかけを思い出したせいだろう。四歳とはいえ、あの冬の日を、私は覚えている。祖父と祖母に優しく、母とは暮らせなくなったと聞かされた夜のことを。

四歳のときのことを全部覚えてなんかいない。だからその日だって、他の日と同じように覚えていないだけかもしれない。

それでもある、埋まらないスペース。

「取り戻す必要があるかないか、あなたに決められることではありません。私が、取り戻したいと思ってるんです」

初めて口にした。

ずっと心のどこかにあっても言い出せなかったこと。祖父母に遠慮したわけじゃない。取り戻さなくたって平気だと、私は十分に幸せだと、今まで自分を納得させてきた。

でもその片鱗を摑めそうな今、私は。

欠けてしまったなにかを、埋めたい、たとえどんな記憶だとしても、思い出したい。強く、そう願っている。

私の言葉に男性が天を仰いだ。嘘は下手だけど、なにを考えているのかまではわからない。ただその口から小さく「私が悪いのです」という懺悔めいた言葉が漏れた。

「忘れていたままなら、なかったことになるでしょう」

そう言いながら頭を下げ、私を見る。その虚無にも似た微笑みに、心がざわめいた。

祖父の笑顔が蘇る。なかったことにしたら、今の私はどうなるのだろう。祖父の言葉は、あの優しさは。

ショックというよりも。

すんごい、ムカついた。

「わかってましたけど、あなた人の話を聞かないタイプですよね」

「べ、紅緒様」

なぜか執事が焦り出す。が、私がひと睨みすると、失礼しましたと言わんばかりに目を伏せた。

「あなたにはあなたの事情があるのかもしれません。が、そこは互いに話し合って落としどころを見つけるのがベターなんじゃないですか」

「そうかもしれませんが、今回ばかりはお譲り出来ません」

私の剣幕にすこし後ずさりしながらも、男性はきっぱりと言う。

「ええ。私もお譲り出来ません。ですので」

もうここまで来たら意地だった。身に覚えのない結婚話からの婚約破棄。しかも相手は私を知っているのに私は知らない。さらに、神隠しが関係している可能性が高い。

「今から徹底的にお話ししましょう。本当のことがわかるまで、あなたから離れませんからね」

悪手かもしれない。けれどもう、なんか色々重なって、破れかぶれだった。当たって砕けろ、だ。

なにって一番は。こいつムカつく。

「なにを」と男性が言って固まった。

執事がなにかに気づいて慌てた様子を見せる。私の両肩に、温かいものがぽん、と乗った。

「そうかそうか。それは妙案。その願い叶えてやろう」

「ぎゃっ」

にゅっと私の右側から顔が出てきて変な声が出てしまう。

女性だった。それはもう美しい、白粉かお香か、とてつもなくいい香りを漂わせた女性が笑っている。

「玉依姫《たまよりひめ》様、突然現れてなにを仰っているのですか」

ムカつくイケメンが慌てふためいていた。タマヨリヒメと聞こえたがそれがこの女性の名前なのだろう。

「神は突然現れるもの。まあそれはそれとして、お主を訪《おとな》ったところ、おもしろい話をしているのでな。これは幸い、と」

タマヨリヒメさんは私の肩から手を離し、ふわふわと浮いて男性へと近づく。

……ふわふわと浮いて？

「えっ、いやちょっと待ってください。神ってあの神ですか……？」

状況が飲み込めない私の側にそっと執事が来て耳打ちした。

「玉依姫様は主に縁結びや家内安全の神様でございます。上賀茂神社におられる方です」

「へっ、上賀茂神社」

私の顔を見て、玉依姫様がくつくつと笑う。

「いいのだ娘。神は人と共にあるもの。人がおらねば神も不要。なあ、眞白」

どうやら既知の間柄らしい。神様だけでも神々しいのに、美男美女が並ぶと薄暗い室内ですら眩しく感じてしまう。

「というわけで、これを機に改めよ」

玉依姫様が私を見つめ、次に男性を見つめ、すっと二本の指を立てた。

え、なに？　と思ったが、とくになにも起こらない。

ふふと笑みを浮かべた玉依姫様が私を見て手を振る。

「娘、帰ってよいぞ」

「え？　いや、えっと」

「ほら、いいから店から出ていくのだ」

ここに来てから納得のいかないことばかりだ。今度は突然現れた神様に帰れと言われている。

どうするべきかと思わず執事を見る。彼は従ったほうがよろしいかと、という雰囲気で私を外へと促した。

「わかりました」

わかってませんけど、というのは飲み込んで踵を返す。……が。

「あれ、え、ちょっと待って」

なぜか二歩目が出ない。いや、足は動くのだ。

「え、嘘、ちょっと、なんで」

動くのに、目の前に壁があるみたいに全く進めない。

あのムカつく御仁から、一メートル以上、離れることが出来ない。

「玉依姫様」

男性のなんとも言えない声が響いた。神様は嬉しそうに笑う。

「自ら申したではないか。真実がわかるまで離れぬと」

私は振り返ってその姿を見る。

「い、言いました」

「叶えてやったぞ」

満足げで蠱惑《こわく》的な笑みだった。

「玉依姫様、ご冗談はおやめください」

見るからに迷惑そうに男性が言う。

「冗談ではない。それに眞白、お主が真実とやらを話せば済むのだ」

「無理です」

「そうかそうか。ならばそうだなあ、私の命を聞いて神格を受けてもらうしかないな」

女神の一言に男性がぐっと詰まった。くつくつと愉しそうな玉依姫様の笑顔に、この方はきっとその命を聞かせることが魂胆だったんだなと気づく。私を出しにしたんだと。

とんだ巻き添えを喰った。

「すみません、神格ってなんですか」

私はこっそりと隣に立つ執事に訊ねる。

「神としての資格、すなわち地位ということでござ……」

しかし執事の囁くような声が途中で切れた。

思わず隣を見る。するとまるで魔法が解けたみたいに、紳士の姿がぼっ、と消え。

音を立てて、あの洋傘が土間に転がった。

「えっ、はいっ!?」

まだ続くてんやわんやの展開に、もうお腹いっぱいだ。今までたしかにあの商羊と名乗った執事がここにいたのに、突然消えて洋傘になっている。

慌てて洋傘を拾い上げる。

『失礼いたしました。タイムオーバーです』

洋傘はあの声で、ゆったりと私に謝罪した。

「……つまりはあの執事はあなたということですか」

『左様でございます』

百年生きた傘というだけでもすごいのに、人に変身までしたらそれはもう妖怪なのではないだろうか。

「なんだ、娘はここがなんの店なのかも知らんのか」

いったいあとどれだけ予想外のことが起きるのだろうと思っていたら、女神様にため息をつかれた。

「あ、はい。知りません」

昨日借りた傘を返しに来ただけだ。傘に案内してもらって。この店のことなど知るわけがない。

が、そんなことはおくびにも出さず、無知で申し訳ないですと頭を低くする。さすがに神様相手に生意気な口を利く気はない。

「知らなくて結構です」

眞白と呼ばれる男性が突っぱねるように言う。さっきからこの人は私をどうしても部外者にしたいらしい。

「娘、この店はつくも神の店だ」

しかし女神様は男性の意など介することもなく私に向かって説明し出した。

「つくも、神ですか？」

「そうだ。長年使われた道具には霊性が宿ることがある。それらをつくも神という。ここは彼らが集められた場所」

聞いたことがないわけではない。祖父が道具屋をやっていたから、うっすらと聞いたような記憶がある。

手に握った傘を見た。百年。たしかに長い年月使われている。

「だから、喋るんですね」

『ただし、その声が聞こえるのは稀なのです』

古い道具に触れると声が聞こえる。そんな自分の力の理由がわかった気がして、ほっとした。

しかしそれもつかの間。改めて見れば周りは古いものばかりで鳥肌が立つ。今まで他に気になりすぎることが多すぎて忘れていたけれど、急に居心地の悪さを感じてしまう。

「ちなみに、眞白はもののけだ」

「えっ、もののけって、つまりは妖怪」

「そうとも言うな」

たしかにすこし変わった人だとは思っていた。さっきの「人間とは共に生きていけない」発言はつまりは妖怪と人間ではということか。

じっと見つめる。深緑色の瞳が泳いでいる。

神様とつくも神と出てきた今、もののけと来てももう驚かなかった。むしろなるほどと頷いてしまう。だんだん、感覚が麻痺してきたのかもしれない。

「さてお主はどうする。相手がもののけとわかっても、婚約の真相を、記憶を取り戻すと宣言出来るか？」

女神様の問いかけに、私は顔を上げた。眞白という男性は明らかに困っていた。無言だったけど、ふるふると小さく首を横に振っている。

周りは古道具ばかり。さっきのことを思い出すと、おそらく眞白とは一メートルほどしか離れられない。

となるとこれからどうするのか。もしやこの店にずっといるのだろうか。そうしたら私も古いものに囲まれて過ごすことになる。

声が聞こえる理由がわかったところで、苦手意識がなくなったわけじゃない。逆につくも神の店ということはここにある古道具たちは喋るのだ。うっかり触るわけにもいかない。

それでも。

それでも私は、欠けてしまったピースを探したい。

結婚はしないけど。断じて。

「出来ます。本当のことがわかるまで、離れません」

腹を括った。毒を食らわば皿まで。

途端、盛大なため息が聞こえる。見れば男性が頭を抱えていた。

彼が心底嫌がっているのはわかっている。

それでも。

眞白、と呼ばれる男性をじっと見る。

この人は「忘れたらなかったことになる」と言った。

美しく豊かな白い髪、深緑色の瞳。もののけなんて、恐ろしいものかと思っていたけれど、想像とは違う。美しい、けれどこの人は、薄暗く埃っぽいこの場所に、とてもよく似合っていた。

笑顔はあの、私を抱き上げた一瞬だけ。

「そうか。期待しておるからな」

玉依姫様は、これぞ神の微笑みかと思うような慈愛に満ちた顔を見せてくれた。

ガラスペンの恋文

もっとよく考えるべきだった。

二日目にしてもう後悔が勝っていた。一睡も出来ず眠い目をこすって炊いた米をほぐす。

「鍋でお米を炊くなんて、若いのにすごいですね」

朝ご飯の準備を手伝ってくれる少年が感心して頷いてくれる。

「祖母に教えてもらったので」

「炊き立てのご飯ってつやつやで美味しそうです。炊飯器、買ってもらおうかな……」

見た目年齢十歳ぐらいの子が、きらきらした目で鍋の中身を見つめているのはかわいらしい。癒される。

とはいえ、彼――亥之助《いのすけ》もつくも神だ。舶来品の裁縫箱らしく、鹿撃ち帽にサスペンダー、半ズボンといかにもな英国風の少年である。

一昨日、智積院の庭で眞白を探していたのが彼らしい。眞白の世話をしているそうだ。

「ですってよ、眞白さん」

私の横でまさに木偶の坊と化している眞白に言うと、うっすらクマの浮かんだ顔で頷いた。

お互い、眠れぬ夜を過ごした。失念していたのだ。一メートル以上離れられないということは、プライベートがほぼ皆無だということを。

壁や襖などの障害物を挟むのは許されるらしい。この古民家は店の奥に住居スペースがあって、風呂も使える状態で存在していたけれど、どう頑張っても風呂に入るには脱衣所に眞白がいる形になってしまう。

　仕方がないから風呂は諦め、亥之助に見張ってもらいながら洗面所で身体を拭くだけにした。くっついたままであれば店から出ることは可能なようで、着替えや日用品は昨日のうちに家から持ってくることが出来た。祖母はすでに旅行に出かけていたので、顔を合わさずにすんだのはよかった。眞白と祖母が会わなかったことも。

　しかし寝室問題はクリア出来なかった。最初こそ眞白が気を利かせてくれて「私は廊下で構いません」と言っていたのだが、亥之助少年がそれを許さなかった。

　彼の言い分としては私がくっついて来たのだから、眞白が部屋を追い出されるのはおかしいと。言わんとすることはわかるし、少年の眞白ラブ加減も十分理解したので、抗議はしなかった。

　その後もいくつかの応酬があって、結局眞白の部屋に布団を並べ、間に衝立を置くことで落ち着いた。

　ほぼ初対面の人間、いやもののけと、同じ部屋で寝る。その気まずさは向こうもあったようで、互いに布団に入るタイミングがわからなかった。

「今すぐ真実を話せば部屋から出ていきますよ」と詰め寄ってみたものの、拒否され。

「私だって結婚する気はないですから、破棄しま」

すよ。と言いかけたときだけ、慌てたように止められた。

「自分が言ったんじゃないですか。婚約は破棄だって」

そう訴えると、眞白は数秒考えるように目を動かしてから、

「ええ、私のほうから破棄させていただきます」

と強く宣言した。

その「私のほうから」というこだわりはなんなのだろうか。私が破棄という言葉を口にするたびに、彼はそれを遮る。まるで最後まで言わせてはならないと言わんばかりに。破棄はするけどされたくないとか？　なんのこだわりなのか、ため息が出た。

互いに正座をして、膝をつき合わせて睨み合い。

「……そもそも、あなたも忘れたことです。そこまでのこと、なのですよ」

えらいぶっきらぼうにそう言われ、明らかに言いわけとわかってもやっぱりムカついて、私は「そうですか」とだけ言って布団にもぐった。お守りを握りしめて頭まで布団を被って。

そうしてそのまま、窓の外が明るくなるまで過ごした。もののけも、寝ないとダメらしいとわかったのが、唯一の収穫だ。

「ですが亥之助、私たちは別段食べずとも問題はありませんよ」

「でも美味しいご飯を食べたら幸せになるじゃないですか」

亥之助少年の言い分に私も同意する。美味しいご飯は胃袋と心を救う。

つくも神やもののけは、食事をしなくても平気だと教えてもらったが私は違う。それに彼らのなかにも必要性がなくても食べることが好きなものもいるという。

「作らない人の意見より、作る人の意見が大事じゃないですか」

私があえて刺々しく言うと、眞白はしゅんとしょげてしまった。怒られた大型犬みたいだ。

今朝、起きて手伝うと言った眞白と一緒にご飯を作ろうとして驚いた。こうも家事が出来ない人がいるのかと。

使えそうな皿を出して洗ってくれと頼めば割る。割ったのは仕方がないが、片づけてくれと頼めば手を切る。挙げ句なにもしていないのに土間で転んで梅干しの壺をひっくり返しそうになる。

亥之助が「眞白様はなにもしなくていいんですよ！」と強く言った理由を理解した。昨晩も布団を敷くのですら亥之助少年がやっていたのを見るに、きっと生活能力が皆無なのだろう。

それ故か昔ながらの土間の台所にたいした食料は保管されていなかった。冷蔵庫はあったけれど、ほぼ空っぽ。

幸い米櫃にはまだ綺麗なお米と、たまにここに来るつくも神がお裾分けしてくれるという柴漬けと壺の中の梅干しとで、おにぎりを作ることにした。

「僕も握ります」

「あ、眞白さんは結構です」

我ながら嫌味だとは思う。が、昨日のいくつかの失礼さへのお返しだと思えば、これぐらいいいだろう。

「大人しくしておきます」

自覚があるのか、眞白はしずしずと頷いた。

炊き立てのご飯は熱い。水で濡らした私の手も真っ赤になってきた。亥之助も手を伸ばしてきて、あちちと言いながらも頑張って大きなおにぎりを作ってくれる。

大小様々なおにぎりが出来あがり、台所の隣の部屋で食べることにした。亥之助が京番茶を淹れてくれる。庭に面した明るい和室に三人並んで座った。

亥之助は自分で握ったグレープフルーツのごとく大きなおにぎりを美味しそうに頬張り、眞白は私の握った通常よりはすこし大きめなおにぎりを行儀よく食べていた。

そう、長閑な日本の朝ご飯、といった感じだったのだが。

「まっしろー！　婚約者が来たんだって？」

ドタドタとした足音と同時に、大きな声の人が登場した。

驚いて振り返る。目が合う。眞白とは真逆に、真っ黒い人だった。緩いウェーブの黒髪に、パリコレでしか見ないようなハイファッションな洋服。テンション高めな空気もだけど、目に毒なほど色気がダダ漏れの御仁。

思わず手のなかのおにぎりを落としそうになって、慌てて力を入れる。

強烈すぎるだろう、そのキャラクター。

「灯青《とうせい》、まだ朝です」

「え、なに、朝だとなにかダメ？」

「朝からうるさいです。知ってますが」

「知ってるんだからいいじゃーん。で、この子が婚約者？　わーはじめまして。名前は？年は？　人間だって？」

　横から眞白の盛大なため息が聞こえた。亥之助少年がこっそり「あの方はこれが通常運転ですから、あまり気にしなくていいですよ」と言ってくれる。

　灯青、というのが名なのだろう。見た目年齢は眞白とあまり大差ない。軽やかに私の近くまでやってきて、膝を折ってこちらをのぞき込んできた。

めちゃめちゃ、キラキラしている。星のエフェクトでも舞ってるんじゃないかというぐらい。なのにその瞳は澄んでいるのに暗く、見透かされてしまいそうな怖さがあった。

「いきなり失礼ですよ」

　いつの間にか立ち上がっていた眞白が灯青の首根っこを摑んで引き剝がしてくれた。内心、昨日のあなたも十分失礼でしたよと言いたいのをぐっと堪える。

「紅緒、こちらは灯青。古鏡のつくも神でゆららのオーナーになります」

眞白が言うと、灯青は「ハァイ」と言わんばかりに笑顔で手を振る。

「え、古道具屋のオーナーさん？」

　そういえば一昨日、眞白に傘の持ち主を聞いたときにそんな存在がいると言っていた気がする。

「そそ。一応、俺がこの店を始めたのね。捨てられた道具とか見つけるとせつなくなってさー。拾って持ち帰ってたらたくさんになっちゃったから、店でもやろーって」

軽い、というか緩い。

「まー今は閉まってるんだけどね」

あはは、と笑う声も底抜けに明るかった。

「ましろん拾ったのも俺だし」

「え、拾われたんですか」

「そだよー、俺のほうが百五十年ぐらい年上かな」

「ひゃ、百五十……！」

長く使われた道具がつくも神になる、というのは昨日知った。しかし頭では理解していても、年月の長さが私の感覚と乖離し過ぎていて、いちいち驚いてしまう。

あとこの人眞白のことをましろんって言った。ましろんて。

「亥之助も？」

私が訊ねると、少年はふるふると首を振った。

「僕を拾ってくださったのは眞白様です」

胸を張るその姿に、だからあれだけ眞白ラブなのかとひとり納得する。

「で、君は？」

灯青の瞳が私をじっと見る。古鏡のつくも神と聞いた今、見透かされるというよりも、私のなかのなにかが映し出されるのではと頭をよぎった。たとえば、本心とか。

それはちょっと怖いし、嫌だ。

「あ、人見紅緒と申します。年は十九歳です」

面接みたいな物言いになってしまったけれど、他に言いようもない。

「十九かー若いなー。あ、若いとか言ったら失礼か」

「いえ、事実だと思うので」

何百歳の人たちからしたら、人間なんてほとんどが若いだろう。

「あはは、たしかに。で、どうやってここに来たの？」

意外な質問だ。どうしてではなくどうやってとは。

「えっと、一昨日、眞白さんから傘を借りまして」

「傘？」

「あ、はい。つくも神の商羊さんです」

「あー、商羊ね、なるほど。で？」

「返し場所を眞白さんに訊ねたら、傘に聞けと言われたので」

おやまあ、と目を見開いて灯青が眞白を見た。それを受けて眞白は一瞬なにか言いたそうにしたけれど、口は開かなかった。

「傘に聞いて、ここまで案内してもらいました」

私が言い終わると、灯青は目をぱちぱちさせて首を傾げた。

「商羊に聞いたって?」

「あ、はい。あの、私、昔から古い道具に触ると声が聞こえまして」

「えっ、マジで? 聞こえんの? すごくない?」

「え、そんな珍しいんでしょうか」

「珍しい珍しい。四百年生きてきて出会ったのは初めてだよ」

四百年にも戦《おのの》いたけれど、自分がそんな希少種だということにも愕然とした。そりゃ周りに通じないし理解もされないはずだ。

「じゃあ紅緒ちゃん的にはこの店ってどんな感じなの? みんなと喋れるわけではない?」

その質問に、どきりとしてしまう。

そういえば私は、まだ眞白にも亥之助にも、古いものが苦手だと伝えていない。

「いえ、その……」

言うべきか言わざるべきか。

眞白の顔を見る。目が合うとはて、と小首を傾げられた。

亥之助を見る。昨日、玉依姫様と入れ違いに帰ってきた少年は事情を知ってからなにかと面倒を見てくれた。

「実は、古いもの、苦手でして」

黙っていてもいいだろう。けれど。

寝室の衝立には触れなかった。今朝はおそるおそる台所の皿や調理器具に触った。ここにある全てがつくも神ではないのなら、全てが喋ることもないのだろう。でもどれがつくも神でどれがそうじゃないのか、見た目には全くわからなかった。

それに、いずれきっと伝わってしまう。それなら先に言ってしまうほうがいい。

「え、そなの？」

灯青がきょとんとした。それどころか眞白も亥之助も同じ顔をしている。

「す……すみません」

苦手なものは誰にだってあるだろう。でも申し訳なさが生まれる。商羊と同じように亥之助も灯青も古いものには違いない。

「えっと、その、触ると突然喋り出したり、いきなり怒られたりすることもあって、それで、怖く……というか苦手になってしまいまして」

「なるほど、そうでしたか。たしかに道具は本来喋りませんからね」

意外にも真っ先に優しく受け入れてくれたのは眞白だった。

「嫌なやつに当たったらそりゃ怖くなるよねー。だいじょーぶ！　うちにいるのはみんないい子だから」

「この店にいて喋るものはごく僅かですし、次からは僕が教えますから安心してくださいね」

続いたふたりも、私を非難しなかった。

「ありがとうございます」

「ていうか今度ひどいやつ見つけたら教えてね？　こらしめてやるから」

冗談ぽく言うものの、その言葉の奥に怖いものを感じていると、またしても亥之助がこっそり耳打ちしてくれる。

「灯青様はこう見えてもお偉い方でして。すでに神格をお持ちの、つくも神界京都北エリアのまとめ役なんです」

「まとめ役……エリアマネージャー的な？」

「ちょっといのっち、こう見えてもは余計でしょー」

今度はいのっちだ。やっぱり軽い。失礼だけど偉い人には見えなかった。

呼ばれた本人はぷうと頬を膨らましている。その姿がなんだかかわいくてほっとして、ゆっくりと息を吐けた。

「声が聞こえるのは、古いといってもかなりの年数を経ているものだけで」

「あー、じゃあつくも神の声が聞こえるって感じなのかな」

なるほど、と私は頷く。なにかしら変化したから声があるといったところだろうか。自分でもよくわかっていなかったこの能力のことがすこしでもわかった気がしてほっとした。

「つくも神になるかならないかって、どういう基準なんですか」

そういえばぼんやりとしか知らないな、と気づいて訊ねることにした。

「基準？　うーん、まあだいたい七十年以上道具として使われてると、霊性を獲得するのがいるかな」

「霊性、というと」

灯青の説明を眞白が補足してくれた。亥之助少年は部屋にあったポットワゴンでお茶を淹れ直してくれている。

道具に魂が宿る。祖父の言葉を思い出した。

「で、そこからさらに五十年以上経つと、亥之助とか商羊みたいに人間に変化出来るのも出てくる感じ」

そこまでに最低でも百二十年はかかるのか。想像出来ない時の長さに思わず「はあ」とため息に似た声が漏れた。

つまり家のあの簞笥は七十歳は越えているけれど、百二十歳にはなっていないということか。

「時間……年齢以外に条件はあるんですか？　たとえば……商羊さんは使うと雨が降るって言ってましたけど、そういう変わった謂れがある、とか」

京番茶の香りが部屋に漂う。亥之助が湯飲みをみなの前に置いてくれる。

「ああ、商羊はね。あれはたぶん、最初の持ち主が雨男だったんでしょ。で、お前を使うと雨が降るなあとかなんとか繰り返し言われたせいで、商羊自身が思い込んじゃってそうなったタイプ」

「え、そんな感じなんですか」

「商羊という名も、その持ち主がつけてくださったそうですよ。古代中国の神獣で大雨の前に舞う鳥だとか」

「洒落た主人だよね。でも、そうやって大切に使ってもらったから、霊性を獲得してつくも神になれるわけ。本来寿命の短い傘なのにね。自分は他とは違うっていう思い込み、強いんだよ」

思い込みと言われるとなんだか拍子抜けしてしまう。けれどもうすでに神やらもののけやらつくも神やらと非日常感が満載の二日目なので、人智では計り知れない世界があるのだろうと納得する。

京番茶の湯飲みをふうふう冷まして、灯青はおそるおそる啜っていた。猫舌、なんだろうか。この人は古鏡と言っていたけれど、道具にもそんな個性があるのかもしれない。よく見れば眞白のはいつの間に用意したのか氷が入っている。

「大切にされたことが重要なんですね」

「そそ。どんな風に扱われたかでつくも神自身のキャラも決まるしね。たとえば亥之助は女性たちがかわいいかわいいって大切にしてくれたから」

なるほど、と亥之助少年を見るとまんざらでもなさそうだった。英国風少年なのは、持ち主に外国の人がいて、子どものように大切にしていたからかもしれない。

ではいったい、となにげなく観察していたら目が合ってにっこり微笑まれた。

「俺はねー、ご神体なの」

「は……？　ご神体、ってあの神社の……？　え、そのご神体がこんなとこにいていいんですか」

「あはは。だいじょーぶ。だってもうないからね。元々小さい祠《ほこら》だったんだけど、山奥だし誰も来なくなって崩れちゃってさ。神様も好きなとこ行けって言ってくれたし」

「いやなんか一抹の侘びしさとものの悲しさと共に、そんな軽くていいんですかという呆気にとられる感があって、感情が追いつかないんですが」

私の素直な感想に、眞白が噴き出した。声を押し殺して笑い始める。

「いい子だねえ、紅緒ちゃんは。おじさん気に入っちゃった。なんで眞白なんかと結婚するのかなー。おじさんにしない？」

お色気と茶目っ気たっぷりに言われたところで、そういやそんな話だったと思い出す。

眞白もぴたりと笑うのをやめた。

「いえ、結婚はしな」

「婚約は破棄しますから。灯青、余計な口出しはいりませんよ」

だいぶかぶせ気味に喋られた。そんなに嫌なのか。いや私だって嫌だけども。

「えー、でも玉依姫はにやにやしながら、なんだかんだであやつらは結婚するぞ、とか言ってたよ」

縁結びの神様にそんな勝手な宣言をされても困る。

「離れられなくなっちゃったんでしょー。そんなんもう、恋に落ちるしかないじゃない？」

「どういう理屈ですか。人間とものののけですし、眞白さんは私に興味なんてないみたいですし、そうはなりません」

ですよね、と眞白のほうを見る。

と、そこに座る美形の顔に朱がさしていた。

違う。そうじゃない。照れるんじゃなくてなにか言え。

灯青が「あらま」とにやにやした笑みを浮かべた。亥之助は意外そうに私と眞白の顔を交互に見る。

「とにかく、私はどうして婚約してるのか知りたいだけですから」

ややこしくなる前に話を終わらせようと声を張る。眞白のことは無視した。

「ふーん。でもさ、離れないってのはやり過ぎだったでしょ？」

玉依姫様からどこまで聞いているのか。灯青がおかしそうに私をうかがう。風呂にも入れず、眠れもしなかったことを思い返してげんなりした。

「……まあ、正直」

「だよねえ。なにが一番辛い？」

「え、お風呂です」

「あ、まさか一緒に」

「そんなわけないでしょう。入ってません、ていうか入れないから辛いんです」

私が勢いよく言うと、わかってるってーと笑われた。

明らかに遊ばれている。

「じゃあさ、なんとかしてあげるから、代わりに頼みごとを聞いてほしいんだけど」

しかしその後に続いたのは意外な提案だった。

「なんとか、出来るんですか」

「まあこれでもそれなりに偉いんで」

それなりに偉い。そこにどれだけの根拠があるのかわからないけれど、横から亥之助が「そこは保証します」と付け加えてくれた。

「頼みごと、ってなんでしょうか」

とはいえ、安請け合いは出来ない。昨日やらかしたことを思い出して横目で眞白を見た。

目先の利益に囚われてはいけない。

「うーん、まあお仕事かな。この店の」

「店の仕事？」

「そ。ゆららはね、ただの古道具屋じゃないから」

灯青がたっぷりと不穏な空気を含んで言った。しかしそれは冗談だったらしく、私が若干身体を引くと、あははと笑いだす。

「お届けものをしてきてほしいだけだよ。ちょっと頼まれててね」

「店は閉めてるって仰ってましたが」

「うん。でも必要とされれば、ね」

　にっこりと微笑まれた。そこに悪意は感じられない。捨てられた道具を見るとせつなくなると言っていたし、眞白も言ったように彼にも道具は使ってこそという想いがあるのかもしれない。

　寂しそうに、ひっそりと店先に並んでいた古道具を思い出す。

「灯青さんが行かなくていいんですか？」

「いや、だってめんど……せっかくだし、ふたりで行ってきたらいいんじゃないかなーって。ほら、ずっとここにいてもねー。鬱々とするより、気晴らしに」

「面倒って言いかけましたよね、今」

「えーそんなこと言ってないよ。紅緒ちゃんったら人聞きの悪い」

　ちょっとだけよかった心証が、一気に落ちた。ため息をぐっと堪えると、代わりのように隣からそれが聞こえた。眞白だ。顔を見ると心底呆れた顔をしている。

「でもさ」と灯青が続けた。落ち着いた声で。

「せっかくだし、知ってほしいかな」

「え？」

「ゆらのことも、古道具のことも。つくも神のことも。本当に久しぶりなんだよ。この店に人間が来るのって」

それはふざけた調子の一切ない、温かさに溢れた言葉だった。嬉しさや喜びともすこし違う、ほっとしてしまうような、ほんのりとした温かみ。

知ってほしい。その言葉に私の心のどこかでぽっと明かりが灯ったような気がした。

「眞白さんは、どう思いますか」

私が使いを頼まれるということは、必然的に彼もついてくることになる。

「紅緒がするというのなら、お手伝いします」

数秒考えた後ゆっくりと紡がれたその口調は優しく、落ち着いていた。すこし意外だった。灯青の言うことなんて聞くものではありませんとか言うかと思ったけれど。

「それに、ゆららの仕事に危険は伴いません。私もついてますし、大丈夫ですよ」

続いた言葉に、それは考えていなかったと気づく。まだまだ私も甘い。彼らはつくも神で、眞白に至ってはもののけなのだ。

……全然、危険な気配はしないのだけど。

「わかりました。やります」

息を吸って、決意を吐く。

灯青の言うように、このまま店にいたってどうしようもない。きっと眞白の態度は硬化したままだし、他にやれることだってない。

そう、頭の隅で薄々感づいてはいた。眞白から真実を聞き出すのは、そう簡単ではなさそうだと。だからこそ作戦がいるし、となると今日明日で済む話ではない。

つまりお風呂問題は深刻だ。梅雨の京都の湿度は半端じゃない。しかも晴れれば日中は汗ばむぐらい暑い。今すぐにでも入りたい。

私の返事に、灯青はうんうんと頷きながらにこーっと目を細めた。

「じゃあ明日、ふたりでデートがてらお願いね」

その言葉に、腹の底から這い出るような低い声で「は?」と返したのは、言うまでもない。

あの庭に、また私はいた。

雪は降っていない。軒先の鉢植えに朝顔が咲いているから夏なのだろう。

私——着物の少女は、木の隣に座っている。

花は咲いていない。青々とした葉の茂ったあの木。

「今まで放置してたくせに、突然やってきて家のために結婚してくれ、だなんて都合のいい話よね」

他に誰も人間はいない。

木に話しかけているのだと私はわかっている。

ぷう、とむくれた少女が「ねえ」と木に頬を寄せた。

「私も木になれたら、この庭から出ていかなくて済むのかな」

木は答えない。当たり前だ。会話は成立しない。

「なんてね。離れちゃうけど、またきっと会いに来るから」

風が吹く。少女は抱きしめるようにその木に寄り添う。

木は答えない。

葉ずれの音が、囁くように広がっていった。


ひそひそとした話し声に目が覚めた。手のなかには櫛の入ったお守りが昨晩のままある。枕の横にそっとそれを置いて身体を起こすと、部屋の窓が開いていて外に誰かいることに気づいた。

まだ眠い目を凝らすと、それがあの紫陽花の庭で菅笠を被っていた男性だとわかる。顔立ちはなんとなくしか覚えていないけど、髷姿だから間違いない。

私が起きたことに気づいたのか、ふたりの会話が止まった。髷の男性と目が合う。よく見れば着ているものは江戸時代の職人風だ。彼もつくも神なのだろうか。

時代劇の脇役みたいな男性は私にさっと頭を下げ、窓から離れていった。

「おはようございます。眠れましたか」

衝立の向こうから眞白の声がする。こちらに顔を出さないのは、優しいというか律儀というか。

「おはようございます。おかげさまで、ぐっすりです」

昨夜、どうやったのか灯青のおかげで脱衣所と風呂場だけは離れることが出来るようになった。

亥之助が食事のお礼だとせっせと磨いてくれたお風呂でたっぷりのお湯を堪能したおかげか、布団に入ってからの記憶はない。

「今の方も、つくも神ですか?」

言葉も交わさず消えてしまった男性を思い出す。目が合ったとき彼の瞳に影が差した、ような気がした。寝ぼけ眼だったから思い違いかもしれない。でもその表情を見た瞬間、頬にちりりっと焼けるような痛みがあった。

「……ああ、はい。少々頼みごとをしておりました」

「頼みごとですか」

「ええ。玉依姫との話し合いに」

なるほど。最初の沈黙は引っかかるけれど、内容は不思議ではない。眞白としてもこの状況を打破したいだろう。

「私、あの人と以前会ったことがあるでしょうか」

あまり深く考えずにした質問だった。

しかし眞白としては婚約ないしは神隠しに関しての質問だと思ったのだろう。衣擦れの音と戸惑うような気配が衝立の向こう側からしてくる。

「雨の日の智積院で、見かけたのではないですか」

たっぷり三十秒ほどして、そんな答えが返ってくる。

「いや、それはわかってるんですけど。あの日、亥之助と一緒に眞白さんを探していた男性ですよね。それ以前の話です」

見覚えがあるのかと言われると、自分のことながら怪しい。でもなんだか気になるのだ。

「……はて、あの様相ですし、時代劇で似たような人でもいたのかもしれませんよ」

もののけも時代劇を知っているのか。気になる……がそんなセリフにはごまかされない。

「さて、今日は出かけねばなりませんし、そろそろ支度しましょうか」

しかしさくっと会話は終了させられた。

言われてスマホを確認すると七時過ぎ。「明日の朝ご飯もおっきいおにぎりがいいです！」と亥之助が期待していたし、たしかに起きねばならない。放浪癖があってほとんど帰ってこない灯青も朝ご飯を楽しみにしているらしいし。

昨日、買い出しに行けたから食材は豊富にある。おにぎりの具は鮭にして、オクラと豆腐の味噌汁にして。茗荷も買ったけど、亥之助は食べられるだろうか。

そこまで考えて、私はおかんかと笑ってしまう。

「どうかしましたか？」

衝立の向こうで身支度しているらしい眞白が訊ねてくる。

「なんでもないです」

　そう答えて、私もささっとラフなワンピースに着替えた。


　太陽は眩しいけれど、風の涼しい日だった。

　朝ご飯を食べた後、眞白とふたりバスに乗ってたどり着いたのは今宮《いまみや》神社。もののけもバスに乗るのかと驚いたら至極まじめな顔で、

「瞬間移動でも出来ると思ったのですか」

と問われてしまった。

　いやそうではなく、たとえばこう、秘密のルートがあるとか、どこでもなんちゃらみたいな便利な道具があるとか、そういうのを想像していたのだけど、どうやらそうではないらしい。

「紅緒は人間ではないですか。よしんばそのようなものがあったとて、紅緒がいては使えませんよ」

　重ねてそう言われたので、それもそうかと納得した。

　しかしバスに乗るとなると目立つ。白い長い髪に整った顔立ち、そのうえ和服ときた。京都ゆえ、着物の人は見かけることも多々あるけれど、いかんせん眞白自身が派手である。外国人観光客からは声をかけられるし（さすがに写真は断っていた。眞白が多少なら英語

を話せることにも驚いた)、みんなじろじろ見るし、どうにも居心地が悪かった。

今宮神社に来たのは初めてだ。東側にある参道に立つと、なんとも趣のある和風の建物が両サイドに建っていた。両者とも軒先にて炭火を使っており、立ち上る煙と共に香ばしい匂いが漂っている。甘味処か土産屋だろうか。

一見して建物が古いのはわかった。足が止まってしまう。

「どうかしましたか」

眞白が気づき、半歩後ろの私を振り返った。

「あ、いえすみません」

家をはじめ建物から声が聞こえたことはない。なのにどうにも、古いというだけで苦手意識を持ってしまっている自分がいる。

眞白は私を見、次に参道を見、それから「ああ」と納得したように頷いた。

「名物のあぶり餅ですね。炭火で炙った餅は香ばしく、白みそだれが甘じょっぱくていいものです」

「……はい?」

「向かい合っている一軒は江戸時代創業、もう一軒は平安時代、長保二年創業だとか。日本最古の和菓子屋だそうですよ」

突然始まった観光案内に、頭がついていかなかった。

「ちなみに同じあぶり餅ゆえ、どちらの店がいいのかどという疑問も発生するかと思いますが、個人的にはどちらも同じぐらい美味しいので、気分で選ぶのもまた一興かと……」

「いや、えーと、眞白さん、なんのお話でしょうか」

まだ続きそうだったのでとりあえず止める。眞白は目をぱちぱちとさせた。

「すこしでも知れれば、苦手意識も薄れるのではないかと思いまして」

ゆっくりと言ってくれたその言葉に、無意識に入っていた力がすとんと抜けた。

「あ……ありがとうございます」

効果の有無は別として、眞白なりの思いやりだとわかるとちょっと嬉しかった。まるで観光案内でも暗記しているのかというほどすらすら言えるのがまたおかしい。しかも、彼は食べ比べたことがあるのだ。食べなくても平気だと言っていたくせに。

たしかに、気は緩んだ。息を吸う。

「すみません、声が聞こえるのは道具だけなんですけど。いつの間にか古いもの全般を避けるようになってしまって」

「では神社仏閣も？」

「まあ……あまり好きではない……かも」

ここで言うことでもない気がしたけれど、正直に答えるべきだろう。今宮神社の御祭神に怒られたりするだろうか。

答えを聞いた眞白は「そうでしたか」と言って、ふんわりと微笑んだ。

「大丈夫ですよ」

それはとても優しく、温かく。

どこかで、聞いたような、懐かしい声。

「私もおりますから。といっても灯青のような力はなにひとつ持ち合わせておりませんが」

さ、行きましょう。

そう言われて、私も素直に頷いた。

そうだ、ほら、きっと平気。

そんな思いが心のなかに充満する。同時になにか思い出しそうで、思い出せなくて、もどかしさもやってくる。

「まだ不安であれば……ああ、手でも繋ぎましょうか」

まだ動かない私に、眞白が言った。まるで幼子に対するような仕草で。

「いえ、結構です」

それでようやく私の足も動いた。もう子ども扱いされるような年ではない。

眞白がほんのすこしだけ、笑った気がした。

あぶり餅屋が向かい合わせに建つ参道を進んで今宮神社に入る。

「たしかここって、お祭りが有名でしたよね」

行く手の左前に大きな朱塗りの楼門がある。どうやらそちらが正面のようだった。右を向けば拝殿。境内には他にもお社がいくつもあった。

「ええ、やすらい祭ですね。あいにく私は未だ参列出来たことがありませんが、春のさきがけの祭、花鎮めの祭であると同時に京の三奇祭とも言われております。その行列の花笠の下に入ると一年健やかに過ごせるのだとか」

まずはご挨拶をしましょう、と本社へと向かう。青々とした葉を茂らせた桜の枝が、風にさあっと揺れた。

「華やかそうなお祭りですね」

「ええ、鬼が踊りますし」

「踊るんですか」

「やすらい踊りといって赤毛と黒毛の鬼役が踊るそうです。春の陽気で飛散する疫神をお囃子や歌舞で花笠へと誘い込み、この疫社へと鎮めるのがやすらい祭です」

そう言いながら眞白が本社の左隣を教えてくれた。疫社には素戔嗚命《すさのおのみこと》が祀られているらしい。

へえ、と頷いてからふたりで並んで本社と疫社へと挨拶をする。振り返れば参拝待ちの人たちがいた。社務所にはお守りを選んだり、御朱印を頂いたりしている人たちの姿も見える。

「大丈夫ですか」

ふと眞白にそんなことを尋ねられる。なにが、と思ってからああ、と気づいた。「大丈夫です」と答えると、優しい笑みが返ってくる。こういうところは悪くないんだけどな、と心のなかで呟く。

「では、この付近から探し始めましょうか」

私はそれに頷いて、境内のなかをぐるっと見渡した。

灯青から頼まれた仕事は、ガラスペンを猫又に届けることだった。

そのガラスペンはつくも神ではなかった。新品ではなく灯青が拾ってきたもので、彼が用意したというビロードを敷いた化粧箱にしまわれている。青いガラスで出来たそれには、欠けや古ぼけた印象もない。

それを猫又に。まあ、もうなんの妖怪が出てきても、驚く気はしなかった。なんで猫又にガラスペンなのかはわからないけれど。

その猫又は大徳寺や今宮神社があるこの船岡山エリアを根城にしているらしい。

「とりあえず猫を探すんですよね？」

「ええ。黒豆《くろまめ》といいます。大きな斑猫さんですよ」

猫は好きだけど、詳しくはない。このあたりにいるというからまずは今宮神社に来てみたけれど、簡単に見つかるだろうか。

「猫又ってあれですよね、長年飼っている猫の尻尾が二股になって化け猫になるっていう」

以前、なにかの本で見た絵を思い出す。障子に映った大きな猫の影。行灯の油を舐めるんだったろうか。

「よくご存じですね。しかし飼い猫だけでなく、山に暮らす化け猫タイプもいるのですよ」

「そうなんですか。その黒豆さんとやらは」

「さて……彼は野良猫ですが、暮らしているのは街中ですね。もしかしたら以前は飼われていたのかもしれません」

そんな話をしながら、お社の後ろや建物の陰などを確認して歩く。しかし猫の影はひとつも見つけられない。楼門から今宮神社を出て付近も歩いてみるも、野良猫一匹出てこなかった。

そのまま大徳寺のほうへ向かいましょうと、信号を渡る。

鞄にしまったガラスペンを思い出す。喋らないと教えてもらい、店を出る前に一度手にさせてもらった。

ガラスペンを使ったことはない。細い溝が渦巻くペン先にインクを吸わせて使うのだという。淡いブルーのガラスを光にかざすと、その重ささえ消えてしまうような感覚があった。

綺麗だった。とても。

大徳寺の北側は住宅街だ。そのまま流れるように寺の敷地内に入る。曖昧な境界が不思議で、でもどこか京都っぽかった。

「その、連絡する方法とかはないんですか」

眞白は私の言葉に苦笑いを浮かべる。

「生憎、猫なもので」

その言葉に、思わず笑ってしまった。もののけネットワーク的なものを期待した自分にも笑っておいた。

「このあたり一帯、詳しいんですか？」

車の通れない道の両サイドに塀が建つ景色は、非日常の世界にも思えた。街中の喧騒すらも遠ざかるエリアを歩きながら、ふと訊ねる。

私は大徳寺にも来たことがなかった。ただこの南にある船岡山には、小学生の頃に行事でやってきたことがある。

「いえ、詳しいというほどではありませんよ。ただ長生きしている分、いろいろ見聞きするだけで」

「じゃあ大徳寺にまつわる話をひとつお願いします」

ただ闇雲に猫を探すというのも辛く、話題を振ってみる。

眞白は「え？」という顔で私を見た。しかし根が真面目なのかすぐに顎に手を当てて考え出す。

「大徳寺の塔頭《たっちゅう》寺院に総見院《そうけんいん》がありまして、そこは羽柴秀吉《はしばひでよし》が建立したのですが」

「え、秀吉ってあの秀吉ですか」

「ええ。織田信長《おだのぶなが》の追善菩提で」

今度は織田信長。さすがに私でも知っている名前が出てきて、一気に歴史を感じてしまう。

「本堂には織田信長公坐像があり、信長公一族の墓碑もあり。他にも茶室が三つ、朝鮮出兵の際に加藤清正《かとうきよまさ》が持ち帰った石を彫り抜いて使用した清正の井戸など、数々の名だたるものがあるところなのです」

観光案内に載っていそうなほど美しい竹林の角で眞白が立ち止まり、東を向いた。私もつられて見ると、まっすぐ続く道の途中に鐘楼らしきものと松の木が並んでいる。

さよさよと、笹が流れる音がする。

「私がなかでも好きなのは、日本最古の胡蝶侘助と言われている、樹齢四百年の侘助椿です」

「樹齢四百年の侘助椿、ですか」

私も椿は好きだけれど、意外な展開だ。眞白も花が好きなのだろうか。

「ええ。桃色に白斑が入る小ぶりの椿でして。とても美しいです。秀吉公が千利休《せんのりきゅう》から譲り受けたものだそうですよ」

さすがそこは大徳寺の塔頭寺院、謂れもすごい。

再び歩き出し、あの鐘楼へと近づく。

「その総見院がこちらです」と案内付きで。

その仕草といい、表情といい、まるで添乗員のようで思わず笑ってしまった。

どうやら通常は非公開らしく、その門は閉じられている。観光客も付近を歩いて通っていくだけだ。「特別公開のときにぜひ」と眞白が続けて私を見る。

そして私が笑っているのを不思議そうに目をぱちぱちさせて見てから、眞白は柔らかくはにかんだ。

それがきっかけになったかのように、その後もいろんな話を聞きながら歩き回った。桓《かん》武《む》天皇が船岡山の山頂からこの地を眺めて遷都を決め、平安京を造ったこと。船岡山にある建勲《けんくん》神社の正式名称は「たけいさおじんじゃ」であること。最近このあたりはおしゃれなお店も増えてきていること……。

眞白は思ったよりもお喋りで、たくさんのことを教えてくれる。あの頑なな態度が嘘のように。

とはいえ。

「全く見当たらないんですが」

「猫なもので」の意味がわかった気がした。

広大な大徳寺を歩き回り、北大路通りを渡って船岡山を目指し、建勲神社にも登った。しかし見当たらない。一度、大徳寺で猫らしきものを追いかけたものの、細身のトラ猫だった。

相手は野良猫。自由気ままに動く。最悪、ずっと行き違う可能性すらある。

そんな相手にどうやって届けものをしろというのか、と灯青に文句のひとつも言いたくなる。せめて待ち合わせの場所とか、時間とかぐらい決めておいてほしかった。

さすがに疲れて建勲神社を背に足を止めた。向こうには比叡山。青空にうっすらとした雲がかかっている。さほど高くなく、小高い丘というべき船岡山からも高い建物がない京都の町並みが眼下に広がり、景色がよかった。

眞白は顎に手を当ててなにやら悩む様子を見せていた。この気候のなか、着物で建勲神社の階段を登ってきたのに汗ひとつかいていない。

「仕方がないですね」

やがてふうとため息をついてから、眞白は言った。

「聞いてみますので、すこしお待ちを」

ペットボトルのお茶を飲んでいた私に断って、彼は境内に生えている木の下に立った。そしてそのまま無言で、その葉桜となった木を見上げていた。

聞いてみますとは誰に？　と思ってすぐ、これはどういうことかと混乱した。まさか宇宙との交信？　いや彼はもののけだからそういう妖怪アンテナ的ななにか？　どっちにしても意味不明な光景に、どうしたらいいかわからない。

やがて眞白は小さな声で「そうですか。ありがとうございます」と頭を下げた。

「あ、いえ、それはまたいずれ……いや、それは……はあ、その件に関しては……」

しかし会話らしきものが続き、しばらく経ってから眞白は葉桜に背を向け、今度は盛大なため息をついた。

「あの、眞白さん……？」

「ああ、すみません。黒豆は大徳寺にいるみたいです。行きましょうか」

全く状況が飲み込めない。なのに眞白は何事もなかったかのようにさらりと済ませる。

「えっと、いやその前になんというか、情報不足なんですけど」

「不足、ですか。あ、大徳寺のどのあたりかも一応聞きましたので、ご安心を」

「いやいやそうじゃなくて。いったい誰に聞いたんですか」

おや、ときょとんとされた。

いや、きょとんとしたいのはこっちである。

「誰って、木たちですよ」

「木たち、ってこの木のことですか」

私が指さすと、眞白はこくりと頷く。

「ええ。若いのはまだ話せませんが、ある程度生きたものでしたら」

「眞白さんって、木と話せるんですか」

古道具の声が聞こえる私が言うのもなんだけど、樹木と話せるってすごくないか。さすがもののけというべきか。

眞白は目をぱちぱちと瞬かせた。

「椿ですから」

ツバキデスカラ。の意味がわからなくて眉が寄ってしまう。

「私は古椿のもののけですよ」

そんな私に眞白はゆっくりと言い聞かせるようにもう一度言った。

「あ、そうなんですか」

「てっきりご存じかと」

「いやいやいや、亥之助や灯青さんのことは聞きましたけど、眞白さんのことはさっぱり」

今さらだけど、考えてみれば私は眞白のことをなにも知らない。だから侘助椿が好きなのかと合点がいく。

「そんなこと出来るなら最初からすればいいじゃないですか」

古椿のもののけがどんなものなのか、どんな力があるのかは知らない。でも使えるものは使っておくべきだろう。

私の真っ当なつっこみに、眞白はばつが悪そうな表情を浮かべた。

「まあ……なんと言いましょうか、いろいろありまして……」

もしかして代償が大きいとか失うものがあるとか、それなりの事情があるのだろうか。

「毎度、小言がその……」

なんて想像していたら、そんな理由で内心盛大にずっこけてしまった。

たしかにさっき、最後のほうはなにやらばつが悪そうにもごもご言っていた。

「まあ、わからなくはないです」

私だって小言を言い続ける人はなるべく回避したい。同意を示すと、すみませんと眞白は気恥ずかしそうに小さく笑った。

とりあえず黒豆が移動してしまう前に行きましょうと、来た道を戻る。道中、眞白は木の声を聞くことは出来ても、古道具の声は聞こえないことを知った。種族違いみたいなものです、と彼が言うのでなるほど、と納得してしまった。

「そういえば眞白さんって生まれはいつなんですか」

正体を知った流れで歩きついでに聞いてみる。

「江戸時代です」

予想していたより古かった。私にとっては祖父母が見ていた時代劇の世界である。

「江戸っていっても長いですよね」

「ああ、そうですね……いつを以て生まれにするかは難しいところですが、二百五十歳は過ぎてると思っていただければ」

「にひゃく……！」

随分と年上だった。私には想像もつかない年月。

「最初から人に変身……変化出来たんですか」

「いえ、七十年ほど経ってからでしょうか」

「あ、つくも神とちょっと似てるんですね」

私に合わせて歩いてくれていた眞白がちらとこちらを見て頷いた。

「ええ。元が違うだけで、おおよそ同じと思っていただいて構いません。長く生きた木が霊性を獲得し、妖化するのだと思います。猫又もそうですね」

なるほど、そう思うとやはり神ももののけも近しい存在なのかもしれない。玉依姫様が眞白は神格がどうのこうのと言っていたし。

「じゃあ眞白さんは灯青さんとは」

「眞白でよいですよ」

いつ出会ったんですか。という質問は遮られてしまった。明らかに故意に回避された感がある。

「私も紅緒と呼んでおりますし」

「まあそれは……私のほうが随分と年下ですし」

「亥之助のことは亥之助と呼んでいるではないですか。彼もあなたよりずっと年上ですよ」

それはそうだ。彼は初見ですぐに「さんづけは結構です」と断ってきた。ガラじゃないらしい。

「わかりました。そう仰るなら」

「話し方も、もっと砕けてよいですよ」

「いやそれはあなたもですよね」

「私はもう、こういう性分ですので」

すっと唇を引くように笑った横顔は美しかった。

たしかにそう言われるとそんな気もするし、逆に眞白が灯青みたいに喋っていたら違和感しかない。

「わかった。これでいい？」

私的にはべつにずっとですます調でもよかったのだけれど。まあ口を割らせるためにもすこしは距離を縮めたほうがいいだろう。

眞白は「ええ」と頷いた。若干嬉しそうに。

「それで眞白は」

改めて質問しようとした。が、今度は私が声を止めてしまった。

「……あの、なにか」

横を歩く御仁が、突如、至極幸せそうに満面の笑みを浮かべたのである。なんならふふふと声に出ている。

ちょっと、気持ち悪い。

「え、ああ、なんでもありませんよ」

私に問われ、眞白はすぐにその表情を引っ込めたものの、私的にはその一瞬でどん引きである。離れたくても離れられないのは、こういうときも厄介だ。

「それより紅緒のご家族は、おばあさまはお元気とうかがいましたが、他の方もお元気なのですか」

なけなしの距離を取った私に、眞白は話題を変えてきた。

「他の？」

一昨日、荷物を取りに帰った際に、家のことはすこしだけ話していた。祖母は長期旅行に出かけているのでしばらくは帰らなくても大丈夫だと伝えてある。

「ええ、おじいさまや……お母さまは」

祖母の話しかしていなかったから気にしてくれていたのだろうか。

「祖父は高二のときに……鬼籍に入りまして」

「そうでしたか」

あえて何事もなく言おうとした私に、眞白は控えめな声でそう応えた。お母さまはともう一度問われ、その顔を見てしまう。

たしかに家族構成的に母親がいる可能性は高いだろう。でもどうして、ご両親は、と聞かず母のことだけを聞くのだろうか。

「もしかして私の家族のこと知ってます？」

ありえない話じゃない。覚えがないとはいえ、婚約しているらしいし。

私の質問に、眞白は一瞬固まって、ゆっくりこちらを見た。

「……いえ、そうではありませんが」

無理のあるポーカーフェイスとその不自然な間。じっと見つめ返してやると、さっと目を逸らされる。

「……母とは、もうしばらく会ってませんし、縁が切れてます」

なにかボロを出すんじゃないかとあえて言ってみる。別段隠していることでもない。好き好んで吹聴する話でもないけれど。

そんな私の魂胆を知ってか知らずか、眞白はもう一度私を見て、眉を八の字にした。

「辛くは、なかったですか」

ごまかしやその場しのぎではなかった。何故、と聞きたくなるくらい本気でそう思っているのが伝わってくる。

横断歩道の信号が赤に変わり、足を止める。目の前をバイクが風を切って過ぎ去ってゆく。

「いえ」

今までも何度か、そういうことは言われてきた。オープンにはしていなくとも、いつの間にか私の家庭の事情を聞いたクラスメイトや大人たちが、いろんな言葉をかけてくる。

母も父もいないことが、寂しくなかったと言えば嘘になる。他の子の親を見て、羨ましく思ったことも数知れずある。それでも、不幸だと思ったことはない。

「幸せに、育ててもらったので」

だからいつだって、こう答えてきた。

強がりじゃない。紛れもない事実。

私の答えに眞白は、穏やかな笑みを見せてくれた。どうしてか、私のほうが懐かしくて満ち足りた気持ちになるような、温かくて柔らかな顔。

「それは、なによりです」

ゆっくりと頷く様も、合わせてはらりと落ちた髪の動きも、私のなかにあるどこかをざわめかす。

信号が青に変わった。眞白が「行きましょうか」と促す。感情をうまくまとめられないまま、私は横断歩道を渡り、大徳寺へと再び足を踏み入れた。


「ああ、いましたね」

のそのそと歩く斑猫を見つけたのは、大徳寺の北西のあたり、竹林が綺麗な通りでだった。

「お久しぶりです、黒豆」

眞白が声をかけると、鼻の横に大きな黒斑のある猫はいかにも「あぁん？」と言った感じでこちらを向いた。近づいてみると、毛艶もよくしなやかな身体の、健康そうな和猫だった。尾も割れていない。

「眞白じゃねぇか。横のは誰だ」

が、普通に言葉を話している。太っているわけではないのに、やたら貫禄がある。

「はじめまして。人見といいます。灯青さんから預かりものを」

「ああ、灯青のやつが寄越したんだな。お前さん人間じゃねぇか」

私たちの前まで歩いてきて座った黒豆は、そう言いながらあくびをする。

「まあ、はい。ちょっとお世話に」

「んなこたどうでもいいよ。んで、なんか持ってきたんだな」

さっきといい今といい、黒豆はどうも人の話を遮るタイプらしい。そのうえ口もよろしくない。

はい、と私が頷くとすっと腰を上げ、思いのほか高い声でにゃあと鳴いた。

「じゃ、行くぞ」

「えっと、どこに」

「んなもんついてきたらわかんだろ」

せっかちなのか、人間が嫌いなのか。思わず眞白をうかがってしまう。

「大丈夫ですよ。こう見えて黒豆はとても面倒見のいい猫ですから」

「うるせぇぞ眞白。余計なこと言いやがったらテメェの脚で爪とぎしてやるからな」

すでに先を歩いていたのに地獄耳なのか、黒豆はすかさずそんなことを言ってくる。思わず彼の言う脚は人間のそれなのか樹なのかを想像して笑いそうになってしまった。しかしすかさず黒豆に鋭い眼光で睨まれてしまう。小さいのに迫力たっぷりの顔に、もうひとつ笑いたくなるのを我慢して、大人しくついていくことにした。

大徳寺のエリアを出ると、黒豆は無言のまま住宅街を進んでいった。細い一方通行の道を右に折れ左に折れ、しばらくしてようやく歩みのスピードを落とす。

「んで、持ってきたものは」

不意に止まって振り返った黒豆が言う。

「あ、はい」

私は鞄から丁寧にガラスペンの入った箱を出し、蓋を開けた。

「出せ」

「え？」

「箱から出せっつってんだろ。くわえられねぇ」

「ガラスですけど」

「んなこたわかってるよ」

言われた通りガラスペンを持ち上げた。太陽の光を通してブルーの影が箱のなかに映る。

それを黒豆は器用にくわえたかと思うと、ひょいと近くの塀に飛び乗りなかへと消えていってしまった。

「ほんと、せっかちというか」

私のコメントに、眞白が忍び笑いをもらした。

黒豆が消えた家をこっそりと見てみる。周りの家よりも大きめの洋風な古い邸宅だ。ガレージはなく、前面は低い生け垣に囲まれた庭。紫陽花やアガパンサスが咲き、つるバラとクレマチスのパーゴラがあった。

「立派なヤマボウシですね」

眞白がぽつりとこぼす。その木陰に車椅子の女性がいた。黒豆が、その膝にぴょこんと飛び乗った。

女性の声が聞こえる。随分とおっとりした、優しい声だ。私の祖母より年上だろう。空に負けないほど清々しい青いワンピースを着ている。

それだけ確認して私と眞白は陰へと引っ込んだ。

「あの女性のもの、だったのかな」

「さてどうなのでしょう。灯青が用意したとなると、なにかしら理由はあると思うのですが」

そんなことを眞白と話していると、にゃあにゃあと黒豆がしつこく鳴き始めた。

眞白と顔を見合わせ、何事かともう一度庭を覗く。

「あらあら、こんにちは」

もしやなにか起こったのではと思いっきり顔を出したせいか、真っ先に車椅子の女性と目が合ってしまった。

黒豆は、彼女の膝の上からこっちを見ている。遅えんだよ、と言われている気がした。確実に。

「こ……こんにちは。すみません、あの……猫がすごく鳴いていたもので」

しどろもどろになってしまう。黒豆の視線が痛い。

「ほんとね。この子が突然鳴き出すからなにかと思っちゃった……もしかしたらあなた達を呼んでくれたのかしらね」

女性はそう言ってふんわりと笑ってくれた。白い小さな手で黒豆の背中を撫でている。

「そうだ、よかったら一緒にお茶でもどうかしら」

突然の誘いに私が戸惑うよりも先に、眞白がやんわりと首を振った。

「お誘いは嬉しいのですが」

「あら、べつに取って食べたりはしないわ。おばあさんとちょっとお話ししてほしいだけよ」

よもや目の前にもののけがいるとは思うまい。いやいや、こちらにいるのがもののけです、取って食べたりはしないといいんですが、と内心つっこみを入れてしまう。しない……だろうか。古椿のもののけがどんなものか、私は知らない。

黒豆が厳しめの声でぶにゃあと鳴いた。

「ほら、この子もそうしろって」

ね？　と首を傾げられ、私は思わず「はい」と答えてしまう。

「紅緒」と人間と過ごすことが好きそうではない眞白に小声で窘められる。

「いやここまで来たら」

「余計なことはしないほうがいいこともあります」

「余計かどうかはわからないでしょ。それにガラスペンとの関係も気になるし」

「道具と人の関係に、私どもが足を踏み入れる必要はありませんよ」

野次馬根性など納めなさい、と言われているようだった。断固とした表情に、私も強気で対抗してしまう。

「ただ届けるために使いに出されたのなら、黒豆に渡して終わりのはず」

それに、と続ける。

好奇心は猫をも殺す、と言うけれど。

「ご年配の方を……ううん、あの人を悲しませたくない、私」

一番はこれかもしれない。どうしてかは説明出来ない。でも柔らかいあの雰囲気、黒豆を撫でる手の優しさ、そういったものを見ていて無下には出来ないと思った。

私がそう言い切ると、眞白はため息をつくように肩を落として了承してくれた。黒豆も呼んでおりますしね、と諦めたようだった。


車椅子のご婦人は千鶴《ちづ》代《よ》さんという名前で、姪御さんとふたり暮らしだという。

「ごめんなさいね、突然誘って。普段はそんなことしないのだけど」

と姪の千《ち》晶《あき》さんは言いつつも、

「でも最近は誰も伯母を訪ねてこなかったから、私も嬉しい」と見知らぬ訪問客を歓迎してくれた。

千晶さんは二階で仕事があるらしく、私と眞白、千鶴代さんは庭が見えるリビングのテーブルに着いた。モダンな紺色のテーブルランナーの中央に、庭で咲いたものか紫陽花が生けてある。

黒豆は日の当たるフローリングに丸まっている。

ガラスペンは、千鶴代さんの手元に置かれていた。

「ごめんなさいね、わがままを言って」

そう言いながらも千鶴代さんは嬉しそうな笑顔を見せてくれて、私もほっとしてしまう。

リビングは古い洋邸宅の面影を残しながらも、バリアフリーにリフォームしたようだった。ただ調度品はなかなかに豪奢に見える。個人宅でマントルピースなんて初めて見たし、フロアランプは展覧会とかで似たものを見たことあるような……というデザインだ。

「いえいえ、こちらこそ図々しくお邪魔しまして」

離れられないせいで、眞白は私の横に座っている。頼むから不機嫌な顔はしないでくれと思って盗み見ると、出された紅茶を優雅に満喫していた。

……知ってた。昨日は食事なんてせずともと言っていたけれど、実は亥之助以上に食べることが好きだということは。買い出しに行ったスーパーで見せた嬉々とした様相は、まあ、ちょっとかわいかった。うん。

「眞白さんと紅緒さんだったわよね。おふたりは恋人同士かしら」

が、千鶴代さんの一言に眞白が盛大にむせた。あまりにもお約束な反応に私はむしろ冷静でいられる。

「いえ、同僚みたいなものです。私のアルバイト先の店員です」

「あらそうなの。ごめんなさいね。お名前も紅白みたいでお似合いだなって思ったものだから」

しれっと嘯《うそぶ》いた私に、千鶴代さんは「勝手な想像はダメね」と謝ってくれた。私の嘘はあながち間違えてはいないのだけれど、さすがに胸が痛む。

しかし紅白とは。言われて初めて気がついた。

「イケメンていうのよね。あまりにも綺麗な人が入ってきたから驚いちゃった」

「いえ、私はそのような」

「あら、謙遜するの？　私の思ったことを言ってるまでよ。ねえ、紅緒さん？」

「……まあたしかに、見た目はいいですよね」

「ま、それじゃ中身が難ありみたいな言い草よ」

千鶴代さんは愉しそうだった。ころころと笑い、柔らかな声でふわりと話す。

ふと、千鶴代さんのところにあるガラスペンがことりと音を立てて転がった気がした。

「あら」と千鶴代さんも気づいて手のなかに納める。

「あの、そのガラスペンは」

さもなにも知らないていを装って訊ねてみる。私が灯青から預かってここまで運んできたガラスペン。その理由が気にならないと言ったらやっぱり嘘になる。

「ああ、これね。あの子が持ってきてくれたのよ。人様のものじゃないとよいのだけれど」

返事をするかのように、黒豆がなあごと鳴く。

「びっくりしたわ。猫が獲物をくわえて見せに来るっていうのは聞いたことがあったけど、まさかガラスペンなんて」

でもね、と彼女は続ける。

「なんだか懐かしくなっちゃって。あの人が使っていたから」

ガラスペンは彼女の手のなかで、差し込む僅かな光を反射させていた。

「あの人、というのは」

ゆっくりと訊ねたのは眞白だ。

千鶴代さんは目を細めて、悲しそうに笑った。

「私の、婚約者」

しっとりとしているのに消えてしまいそうなその声に、眞白が同調したように思えた。

夫ではなく、婚約者。

「あら、もうずっと昔のことなのよ。悲しい顔しないで」

いつの間にか黒豆が私の足元を通り過ぎ、千鶴代さんの膝に飛び乗った。その金色の瞳が私をすっと見据える。

「うちはちょっと裕福でね、私が若い頃は書生さんが下宿していたの。書生って知ってるかしら」

「今でいう学生のことですね。大正ぐらいまでの話かと思っていましたが」

「あら、眞白さんは物知りね。たしかにあの頃でももう珍しかったかもしれないわ。我が家の場合は、奨学生みたいなものだったのよ」

なるほど、と眞白が頷いた。私も、なんとなくは理解出来る。

「そのなかにね……そう、とっても素敵な人がいて。すこしずつお話をしているうちにね、お手紙をもらうようになって」

ふふ、と千鶴代さんがはにかむ。

「あ、そのお手紙をガラスペンで？」

「そうね、見たことはないけどきっとそう。一度、素敵ねって言ったら見せてくれたわ。インクに浸して書くんですって教えてもらって」

学生というからには千鶴代さんが十代の頃の思い出だろうか。書生と女学生。ふたりがガラスペンを手に穏やかな時間を過ごしている絵を想像してしまう。

千鶴代さんが惹かれたその人は、優しい笑顔を見せてくれるような人だっただろうか。それとも静かに真摯に話をするような人だったろうか。わからないけれど、彼女にとっては間違いなく素敵な人だったというのが、その表情からうかがえる。

「プロポーズもまずは手紙でね……親も彼ならって許してくれて。でも」

事故でね。

その言葉だけ切り離されたように聞こえた。

千鶴代さんの表情も、光が消えたように色を失った。

「その手紙も、どこかにいっちゃった」

ぽつりと垂れる。大事にしまっていたのだけど、と。

「そうでしたか」

返す言葉を見つけられない私と違って、眞白は静かにただそう言った。そこに感情はなにも乗っていない。哀れみも同情も。もしひとつあるとするなら、受け止めた優しさ、だろうか。

「こんな話ごめんなさいね。やだわ、もう年ね。思い出話ばっかり」

しんとした部屋に明るさを取り戻すかのごとく、千鶴代さんが明るい声を出した。呼応して黒豆も高い声でにゃあと鳴く。

「昔はよかった。あのときはうまくいってた、なんて。過去は過去。今のことを考えなきゃよね」

そう言って笑うけれど、瞳はきっと過去を見ている。それは、悪いことではない。

「千鶴代さんにとって、その方との思い出は大切なものではないでしょうか」

私の問いに、彼女は「もちろん」と答えてくれる。

「大切なものを思い出したり、ときどき誰かに話したりするのって、とっても素敵なことだと思うんです」

たしかに、婚約者を喪ったことは辛い記憶だろう。でもだからといって、全てを封印してしまうのは寂しい。

「いいじゃないですか。あの頃はよかった、って話。私結構好きでしたよ。祖父がたまに俺が若い頃はーって話してくれるの。楽しそうに話してくれるから私まで楽しくなって」

祖父の武勇伝を思い出す。河原町《かわらまち》で変な人に絡まれて困ってた祖母を救い出した話とか、小学生のときに学校の階段で大ジャンプをかまして、両足を骨折した話とか。

「悲しい記憶まで蘇ったり、思い出せないことがあったりもしますけど。でも、今があるのは過去があるからなので。千鶴代さんのお話も、いいな、素敵だなって思いました」

黒豆がじっと私を見ていた。それだけじゃなく眞白も千鶴代さんも私を注視していた。

「……って、えっとすみません。なんか偉そうなことを言いまして」

つい語りすぎてしまったことに気づく。千鶴代さんは人生の大先輩だし、眞白や黒豆からしたら私なんて若輩者もいいところだ。

「そんなことないのよ。むしろ若いのにすごいわって思っちゃった。あら、これだと若いからって甘く見てたみたいだわ」

しかし千鶴代さんは首を横に振りながらかわいらしくそう言ってくれた。ごめんなさいね、と付け加える。

「そうね……どうせなら大切な記憶に囲まれて終わりたいものね」

その言葉には黒豆が反応した。ぺしり、と怒るように軽い猫パンチをお見舞いしている。

たしかに、終わりたいなんて言葉は淋しい。でもそれは私の祖母の口癖でもある。ああ楽しかった、って終わりたいじゃない、と。だから彼女は今を生きることを楽しんでいるのだろう。今回の旅行にしたってそうだ。私もいってらっしゃいと送り出せる年になった。祖母が最後まで――終わりまで彼女らしくいられるように。

そう、思えるようになった。淋しいけれど、その想いは悪くない。

「手紙がどこかにいってしまった、と仰っていましたね」

ゆっくりとそう言い出したのは眞白だった。

千鶴代さんは一瞬戸惑いを見せてから「ああ、手紙ね」と頷く。

「ええ。捨ててはないと思うのだけど」

婚約者からもらった手紙のことだ。ガラスペンで書いたであろう、好いた相手への文。

「差し出がましいかとは思いますが、よろしければ探してみましょうか」

意外な申し出だった。思わず眞白を見てしまう。さっきはあんなに関わることではないと嫌がっていたのに。

「そんな、申し訳ないわ。いいのよ。なくした私が悪いんだから」

「私、探します」

けれど、私も次の瞬間にはそう答えていた。その「なくした私が悪い」は違うと思ったから。

手伝いますとか、やりますよとかじゃなく。宣言。

だってなくしたくてなくしたわけじゃないだろう。喪ってしまった哀しみに心が耐えられなかった。だから遠ざけてしまった。きっとそれはそのとき必要だったことなのだ。

さっき千鶴代さんがぽつりとこぼしたときの表情を思い出す。

過去、遠ざけてしまったものでも。

今、また手にしたいと思うのなら。

眞白が私を見て微笑む。黒豆が目を細めて鳴く。

「いいのかしら」

おずおずと言う千鶴代さんの手が、青い透明なガラスペンを宝物のように握りしめていた。

「ガラスペンに関係するもの、といったら手紙でしたので」

窓際に置かれたチェスナットカラーの重厚な机の引き出しを開けながら、眞白が言った。

なるほど、と頷きながら私は机の上にある小さな棚を開く。どうしてあそこで手紙を探すことを申し出たのかという質問に対する答えだった。

千鶴代さんと千晶さんの了承を得て、私と眞白は手紙探しを始めた。千鶴代さんは大切なものは二部屋に全て置いていた、と言っていた。そう聞いた千晶さんに案内されたのは二階にあるシャンデリアの揺れる洋室と、床の間のある和室だった。

素直に言うと、扉を開けた瞬間思いっきり躊躇ってしまった。

アンティークといっていいような優雅なデザインと、磨かれ続けたものが放つ艶を持つ調度品の数々。美しく花の生けられた花器も素朴に見えて佇まいが凜とし過ぎているし、ガラス戸のなかには折れそうなほど華奢なワイングラスや味わい深い陶器が整えられて並んでいる。

とにかく、古そうなもので溢れかえっていた。

「灯青さんの真の目的は手紙探しだと？」

しばし逡巡し、気合いを入れ、私は持っていたハンカチ越しに取っ手や扉を触ることにした。これでもしかして声が聞こえるのでは、という緊張感は多少和らぐものの、まるで指紋という証拠を残してはならないと注意する犯罪者みたいだ。

「さてどうでしょう。さすがにそこまではわかっていないのではないでしょうか」

音を立てずに引き出しを開け閉めしていた眞白が「ただ」と続ける。

「亀の甲より年の功と言いますしね」

「灯青さんに年の功とか言う？」

「間違いはないかと」

そうだけども、と納得すると眞白がでしょうと静かに笑った。

机の上は全て調べ終わった。が、離れられないために眞白が終わるのを待つしかない。

「それに、ゆららが開いていたときも、彼は気まぐれでしたから」

何気なしに眞白が確認する引き出しを一緒に見ていると、そう言われた。

想像に難くない。あの緩ーい性格、むしろよく店を経営していたなと思う。

「それでも、道具や人にはどこまでも優しい人ですよ」

折っていた膝を伸ばし、眞白が言った。

そういえば、彼も灯青に拾われたと言っていた。店の古道具も。店を閉じたという今も、こうやって応えるのも、その優しさゆえなのだろう。

そう思うと、やる気が増した。古いものが苦手でも頑張ろうと。

そしてひとつ気づく。

「それなら眞白も二百五十歳なりの年の功を働かせて……」

だがそれは満面の笑みに遮られた。

「私は灯青より百五十年も後輩ですから。まだまだ及びません」

私は一生追いつきませんけどね、と思いつつ、調べ終えた眞白と共に次のエリアへと移った。

しかしその後、ふたつの部屋のあらゆるところを探しても、手紙は出てこなかった。デスクのなかも、書棚のなかも、天袋も、どこにもない。

他の部屋だろうか、と考えたもののお邪魔している手前、別の部屋へ入るのも長時間居座るのもはばかられた。

「啖呵切ったってのに見つけられねえとはな」

十分ほど前に様子を気にして黒豆がやってきていた。まあいても悪態しかついていないのだけど。

「いや啖呵ってほどじゃ」

「期待させたんだから一緒だ」

手厳しいが言わんとすることはわかる。私もがっかりした千鶴代さんの顔は見たくない。

この家は、千鶴代さんが婚約していたときから幾度か改築しているらしい。

それでも暮らしやすさを重視した一階とは違い、二階はなるべく元の面影を残したそうだ。ただし彼女はもう十年近く上がってはいないという。

花が生けられ掃除が行き届いているのは、千鶴代さんの思い出を千晶さんが守っているからなのだろう。

この二部屋は、この家にひとりになったとき、彼女が主に過ごした部屋だそうだ。和室で眠り、洋間で本を読み。病を患い、心配した千晶さんが越してくるまで、彼女いわく「気楽に暮らしていたのよ」とのこと。だからこそ、ここにあるのではないかと彼女は言う。

ただし、どこかにしまった記憶は一切ないらしい。千晶さんもそういった類のものは掃除をしても見かけたことはないそうだ。

これだけ探しても見つからない。手がかりもない。

でも、話を聞ける相手がいるかもしれない。

ずっと右手に持っていたハンカチを鞄にしまう。深く息を吸って吐くと「紅緒」と眞白に呼ばれた。

「もしかして話を聞く相手を探すのですか」

「まあ、もうそれしかないというか。さっき眞白に最初っから木に聞けばと言ったのを、そのまま自分にお返しします、って感じなんだけども」

「無理はしなくてよいのです。見つからねば私から素直にお伝えしますし」

その表情は作った心配顔じゃなく、こちらを案じてくれているとしっかり伝わるものだった。

そういえば最初に古いものが苦手だと伝えたときも、真っ先に理解を示してくれたのは眞白だった。

「やれることは全てやったほうが、いい」

正直、今から身体が強ばっている。心臓はどきどきしているし、話を聞ける相手なんていないかもしれないという不安もある。

それでも、頑張るべき理由が自分のなかにあるから。

「あん？　誰に話を聞くって？」

黒豆が不可解そうに私を見た。

「私、古道具の声が聞こえるんです」

伝えれば「へえ」という返事が来る。

「なら話ははえぇじゃねえか。眞白はなんで止めてんだ」

「まあ……実はちょっと苦手でして。古いものが」

「あ？　なんでだ？」

「なんというか……道具って本来喋らないじゃないですか」

いかにも意味がわからんといった顔をした黒豆にざっくりと伝えると「はあ?」というように喉を鳴らした音が返ってくる。

「俺だって猫のくせに喋ってるじゃねぇか。てことはなんだ、俺も嫌だってか」

「あ、いえ、黒豆さんはべつに」

「じゃあなんで猫はよくて道具はダメなんだよ」

ぴしっと言われる。一瞬、理解が追いつかなかった。

「ああ……たしかに」

言われてみれば、としみじみ頷いてしまった。だからといって古道具が平気になるかというと、そんなことはない。そんなに簡単に克服出来るなら、とっくにしているだろう。

「それはおいといて。紅緒、しんどいことをあえてする必要はないのですよ」

元からコミュニケーションが取れるだけ猫のほうが、とか生き物とそうじゃないものの違い、とかぐるぐる考え出した私を眞白が引き戻してくれた。

「いえ、やります。頑張ります」

もう決めていた。たしかに怖い。黒豆につっこまれても、やっぱり緊張する。

私の決意が揺らがないことを認めたのか、眞白は小さく息を吐いた。

「わかりました。私もおりますから、なにかあったらすぐに言ってくださいね」

まるで小さな子に言い聞かせるかのような言い草だった。

「大丈夫だって。それに眞白は古道具とは話せないんでしょう」

平気だと笑って見せると、眞白にむっとされてしまう。

「紅緒を守ることぐらい、私にだって出来ますよ」

それがあまりにも強い声だったので、反応に困ってしまった。眞白の目は真剣で、距離が近いせいもあって顔が熱くなる。

慌てて、顔を背けて探し始めるふりをした。が、そのとき目が合った黒豆には愉しそうに笑われてしまった。

「まずはあたりをつけましょう。幸いゆらで過ごした時間は長いですから、とくに古いものがどれかくらいは見分けがつきます」

そう言った眞白は部屋をぐるりと見渡し、フロアスタンドと肘掛け椅子、床の間の花器をピックアップしてくれた。もちろん、古いからといって必ず喋るわけではないのは承知している。

それでもやるしかない。まずは肘掛け椅子とフロアスタンドへと向かった。

洋室の隅に置かれているふたつは、どちらも和洋折衷といった趣がある。

「西陣織でしょう」

肘掛け椅子の赤い座面を見て眞白が言う。名前は知っているけれど、豪華絢爛な着物のイメージしかない。しかしその椅子の座面にはかつて誰かが座っていたのだろう痕跡が見られた。

そう、この家のものは、きちんと使われていた。飾りものではなく。色褪せたりすり減ったり。そのどれもに人の手に触れられた痕跡がある。

黒い肘掛けのところに触れればいいだろう。私は深呼吸をする。

「大丈夫ですよ」

眞白の手が、そっと背中に添えられた。

まただ。また、ふっと身体が軽くなる。

とても優しく、温かく。

どこかで、聞いたような、懐かしい声。

大丈夫。そう自分に言い聞かせて、私はおそるおそる肘掛け椅子に手を置いた。

しかしその椅子も、フロアランプもなにも話してはくれなかった。ついでだからと近くの書棚にも触れてみたけれど、それも同じ。

残すは花器だと、私と眞白は床の間に移動した。黒豆は洋室のソファに寝そべったままこちらを見ている。

「初めてかもしれない」

私がこぼすと、眞白が「なにがでしょうか」と聞いてきた。

「古い道具に喋ってほしいと思ったのが」

今までは逆だった。どうしても触れなければいけないときは、頼むから声が返ってきませんようにと願っていた。

「見つけたいですね」

眞白が柔らかな声で言ってくれる。先ほどまでと同じように背中に添えられたその手は温かく、不思議と呼吸が楽になっていく。

私は頷くと、桔梗が生けてある花器にゆっくりと手を乗せた。

『ようやっと来てくれたわ』

「っ……どうも、お待たせしました」

触った瞬間に聞こえた声は、女性のものだった。悪意は感じられない。

が、私がびくっとしたせいか、眞白が慌てたそぶりを見せる。大丈夫ですと伝えると、ゆっくりと頷いてくれた。

『声が聞こえるゆうから、もうそんなんうちに真っ先に聞いて思てたけど。まあしゃあないわな。わからんやろし』

声はとても色っぽい。着物姿の艶やかな大人の女性をイメージする。

「力不足でして……それで、えっとお聞きしたいのは」

『千鶴代ちゃんのことやろ。あん人からもろた恋文の行方』

話が早い。ちゃきちゃきしたお姉様な感じだろうか。

「はい。どこにいってしまったか、ご存じないかと」

『知らん』

「は？」

『だから知らんて。うちかて』

「え、真っ先に聞いてって思ってたと」

なにがなんだか、と思わず眞白を見たものの、彼は私の声しか聞こえていないため、事態を理解していなかった。眉をひそめつつも心配そうなその表情に、私はありのままを説明する。

その眉根がぎゅっと寄った。

『でもな』と花器が続けた。

『その日のことは覚えてるんよ』

その日、と聞き返した私に、花器は昔話をひとつ聞かせてくれた。

そして、それならば私の領分です、と眞白は言った。


「どうしてお庭に?」

千鶴代さんがリビングの掃き出し窓にて不思議そうな表情を浮かべる。

しかし私も説明が出来ない。まさか床の間の花器から聞きましたと言うわけにもいかない。

ええとですね、としどろもどろになっている私の横で、黒豆がなあごと鳴いた。

「黒……この猫が、外を見ながらやたらアピールするもので」

「あらこの子が?」

何故かガラスペンを運んできた猫だ。これぐらいは許されやしないかと思いつきで言ってしまった。黒豆もしゃあねぇなあという感じで返事をしてくれる。

「そうなの。ほんと不思議な猫ね。そういえば、私が小さい頃もこんな斑猫ちゃんがいたのよ」

それはきっと黒豆本人なのだろう。となると黒豆はずっと千鶴代さんの側で生きてきたのだろうか。

黒豆と目が合う。が、ふいっと顔を逸らされてしまった。

私と千鶴代さんが見守るなか、眞白はあのヤマボウシの下に立っている。

『庭のことならば、庭木に聞けるやもしれません』

眞白がそう言ったので、情報収集をバトンタッチした。ヤマボウシの白い花が、まるで眞白に語りかけるようにさわさわと風に揺れる。

『どれぐらい後やったか。千鶴代ちゃんは毎日泣き腫らしててな。もう、ぽっきり折れてしまうんちゃうかってぐらい、虚ろというか寂寥としてて』

花器が教えてくれた〝あの日〟の話。

『ふと顔を上げたと思たら、大事にしてはった文箱抱えて部屋を飛び出して』

たぶん、外に行きはったんよ。と花器は続けた。うちは動けんさかい、見ることはかなんけど、気配はわかる。開け放たれた窓の外から、嗚咽と物音が聞こえててん。

『しばらくして帰ってきた千鶴代ちゃんは、土だらけやった。綺麗な指先も泥々で、服もすっかり汚れてて』

その手に文箱はなく、泣き腫らした顔は、虚ろにも見えるほどだったらしい。

それでも彼女は、その日をきっかけにすこしずつ泣くのをやめたという。哀しみは存分に背負っていた。それでもどうにかして前を向こうと踏ん張ってはった、と花器は囁くように教えてくれた。

それを聞き、もしや庭に埋めたのではと推察したのは眞白だった。花器もその意見に同意した。千鶴代さんは、思い出の手紙を埋めてしまうことで、区切りをつけようとしたのではないかと。

私もそう思う。と同時に、そこまでしたのに掘り返していいものか迷った。彼女なりにけじめをつけたものを、引っ張り出してしまっていいのだろうかと。

それに異を唱えたのは黒豆。彼は言った。

「昔の気持ちを貫き通さなきゃいけねえなんて、誰が決めた」

大切な記憶に囲まれて終わりたいと言った千鶴代さんの顔を思い出す。そして私たちは、眞白に頼んで場所を突き止めることにしたのだ。

「わかりましたよ」

さして時間もかからず、眞白はそう言った。

「この木の根元を掘ってもよいでしょうか」

続けてそう千鶴代さんに訊ねる。

「木の根元を？」

「はい。さほど深くはないと思いますので、すこしだけ」

彼女にとっては唐突な申し出だろう。しかし千鶴代さんは、私を見て、黒豆を見て、それから眞白をじっと見つめてから「お願いするわ」と了承してくれた。

そこからは早かった。庭の横にある倉庫からシャベルを借りて眞白が土を掘り返す。台所でのことを思い出して私がやると言ったものの、眞白は慣れていますからと髪を結い、たすき掛けと尻端折りをささっと済ませ、あっという間に掘っていく。

その姿は上品な和服男子というより、職人といった感じで、なんというかとっても意外だった。だって家事はてんでダメだったのに。

人に得手不得手があるように、もののけにも出来ること出来ないことがあるのかもしれない。そうなると、人もののけも変わらないようにも思えてくる。

ざくざくと音を立て、小さな穴はやがて広がり、深さを増していく。初夏の暑さをもろともせず、眞白は真剣なまなざしで掘り続けた。

五分もかからなかっただろうか。

場所がわかっていたかのように眞白はそれを掘り当て、大切に土を払ってから千鶴代さんのところに持ってきた。

鶴の絵が入った蒔絵の文箱。

「ああ」と千鶴代さんからため息が漏れる。白い指先が、そろそろとその蓋を開ける。

桜が咲きましたね。

先日お借りした本、とても良かったです。

なかに入っていたのは、何枚もの一筆箋。そこには丁寧な字で、ひと言ふた言と大切な想いが書かれていた。

千鶴代さんはもうなにも言わず、ただその文箱を抱きしめた。

そこからはらりと、一枚の手紙が落ちる。色褪せたそれは、他のより少しだけ、紙が折れ曲がっていた。

幸せに。ただそれだけが願いです。

拾おうと手を伸ばすと、眞白の指とぶつかる。目が合った。

黒豆が鳴く。それはどこか遠い世界に続くような、しなやかに伸びた、優しい声だった。

「あいつ……チヅはな、もうほとんどの時間を過去に住んでんだ」

たくさんのありがとうをもらい、私たちは千鶴代さんの家からお暇《いとま》した。それからしばらく歩いたとき、黒豆はぽつりと話し始めた。

チヅ。その音に、黒豆との関係を想像する。

「今日はお前さんたちのおかげで調子がよかったみてぇだな」

「そうでしたか」

眞白の相槌に合わせたように、私もそうかと天を仰いだ。夕刻にはまだ遠い。初夏の空は青く、広く、この街を包み込んでいる。

「灯青にはなんと？」

「なんかいいもん寄越せってな」

「それはまたアバウトですね」

「灯青の野郎もそう言ってめんどくせぇ質問色々してきてよ。んで、今度使いをやるから待っとけって」

それで私たちがガラスペンを頼まれたということか。

なるほど、と思うと同時にもうすこし説明がほしかったなとも思う。黒豆の答えからガラスペンを選んだということは、灯青にもなにか考えや思いがあったのだろう。

昨日のにやけ顔を思い出す。いかんせんずっと一緒にいるから、ここぞ眞白に耳打ちしていたのも知っている。それを聞いて、眞白が焦りながら怒っていたことも。

「でも、どうして今？」

なにかきっかけでも、と私が訊ねると、前を歩いていた黒豆が足を止めた。振り返りはしない。ただその尻尾が垂れるように揺れる。

「長生きしてりゃ、そろそろいなくなることぐらいわかんだよ」

吐き捨てるような声だった。でもその背中は、違っていた。その背を撫でるような風が吹く。

今日初めて会った私ですら、そう知ってしまうと寂しさや悲しさが押し寄せる。あの穏やかな笑み、優しい声。ありがとうと私の手を握ってくれた、老いた手の感触。それらが近くなってしまうのかと思うと、胸が塞がる。

それがもっと長いつきあいであろう、黒豆なら。

人は誰だっていつか死ぬ。

でもものけは、つくも神は。

どれだけの誰かの死を、経験してきたのだろうか。

「……思い出は残るよ」

私はまだ、ひとり。

でもそのひとりですら、悲しくて悲しくて。心にぽっかり穴が空いたようにとはよく聞くけれど、世界が変わってしまうレベルで、喪った日々を過ごしていた。

それをすこしずつ癒したのは、祖母と語った数々の思い出。

私の言葉に、黒豆が振り返った。金色の瞳がこちらを睨む。

「んなもん、相手がいなきゃ花も咲かねぇよ」

辛辣な返事だった。横目に眞白が私を見たのがわかる。

「じゃあ私が相手になるし」

「お前さんだって俺より先に死ぬさ」

「うん。きっとそうだと思う。でも」

きっと喪ってきたものは私より多い。そんな相手に言うようなことじゃないのかもしれない。

それでも。

それでも私は。

「ゼロよりいいでしょ」

なかったことにして、仕舞い込むより。

こんなこともあったね、あんなこともあったねと、ときどき思い出して、その記憶を愛でていたい。そしてそれを、誰かと語り合いたい。

祖母だって、いつか寿命を終える。私はいずれ独りになる。でもきっと、またその思い出を胸に、生きていくのだ。そのとき、誰かと祖母のことを語れたらいい。願わくば、そういう相手が出来てから、祖母とはお別れしたい。

黒豆はなにも言わなかった。ただふいっと顔を前に向けて、しなやかに歩き出し、側の塀へひょいと飛び乗る。

「世話になったな」

こちらを見ずにそれだけ言って、木の陰へと消えていく。

「あー、やっぱ余計なお世話だったかな」

私がこぼすと、眞白が「さてどうでしょうか」と答えた。

「こういうとき、普通ならそんなことないですよとか、伝わりましたよとか言うべきじゃない？」

「そう簡単に変われるなら、苦労しませんので」

「もののけってみんな辛辣なの？」

「はて……まあ、長生きしておりますから」

積み重ねてきた経験は比べものになりませんよ、と言われた気がした。

わかってる。きっと自分はまだまだ若くて、甘くて、彼らには届かない。

「そういえば、ガラスペンは置いてきてよかったのかな」

「よいでしょう。あのガラスペンは、彼女のためになるでしょうから」

「千鶴代さんのため？」

歩きながら眞白を見ると、ええと綺麗な顔で頷かれる。

「道具はあくまで道具です。そして道具は人が使ってこそ。あのガラスペンはきっと、これから僅かでも彼女の元で思い出を呼び起こすものとして、役目を果たすのです」

それは祖父の言葉とも重なった。

そしてそれ以上に、道具というもののあり方を今回知った気がする。

「文字を書かずとも、彼女の手のなかにあれば、ってことか」

正しく使うことが全てじゃない。使い手が慈しみ、大切に扱うなら、きっとなんだっていいのだ。あのガラスペンは、ゆらに置かれているより千鶴代さんの元にあったほうが幸せなのかもしれない。

千鶴代さんの笑顔を思い出す。ガラスペンをどうすべきか迷っている彼女に眞白は「猫のしたことですから」と言った。これも縁ではないでしょうかと。

私もその出所を知っているから、同意した。本当のことは言えずとも「きっと神様からのプレゼントですよ」と付け加えた。灯青という緩ーい神様が選んだ、彼女のための道具。

「でも」と眞白が空の向こうを見つめた。

「彼女は、今日のことも忘れるやもしれません」

過去に生きている、黒豆の言った言葉を思い出す。もしかしたらすでに今、私のことも眞白のことも、覚えていないかもしれない。

それは悲しいことなのだろうか。わからない。私にはまだ遠すぎる。けれど近づく死や抗えない老いを受け入れるのも、過去に生きるのも、その人がいいと思えるならそれがいい。

「そうだね。でも私たちのことはともかく、ガラスペンと手紙があるから。手にするたびに、素敵な記憶が蘇ればいいなと思うよ」

それに、と息を吸う。

「私は千鶴代さんのあの笑顔を見ることが出来て、よかった」

私が言うと、眞白は立ち止まり、ゆっくりとこちらを見た。その瞳が、美しくも儚い水たまりみたいに揺れている。

忘れられてもいい。

なかったことにはならないから。

それはあの手紙とガラスペンが証明してくれる。たとえ私たちとの記憶は消えても、きっと見つけた思い出は残ってくれる。

私たちが辞する際、千鶴代さんはとびきりの笑顔を見せてくれた。

不思議ね。この子もずっといてくれる不思議な猫ちゃんだけど。あなたたちも神様のお使いみたい。だってそうでしょう？　私の大切なものを、魔法みたいに見つけてくれたんだから。

あのとき初めて、自分の力があってよかったと思えた。

古道具の声が聞こえる、魔法の力。

「そうですね」

眞白がゆったりと頷いて、私の隣に立つ。

「それでは、せっかくですし甘いものでも食べて帰りましょうか」

「え、甘いものなの。昼ご飯ではなく」

「今宮神社にはあぶり餅というものが……」

「ああ、はいはい。食べたいのね。わかりました、行きますから」

食べることが好きというより、甘いものが好きなのだろうか。呆れつつ了承すると眞白がしゅっと表情を変えた。

「多少、建物は古いですが」

遠慮がちな心配顔。その優しさについ笑ってしまう。

「なにかあっても、守ってくれるんでしょう」

私が言うと、彼は目をぱちぱちさせてから、頬を赤らめた。

いや、私も本気で言ったわけではなく、軽い気持ちだというのに。

「冗談だって」

嘘が苦手なこの人には冗談も通じないのかもしれない。これからは気をつけようと心に決める。

しかし眞白は真剣な眼差しを見せてくれる。

「いえ、本気ですよ」

その声に、思わずどきっとしてしまったのは、内緒だ。

ゆらと百鬼夜行

まずは風通しをよくしようと、家中の窓を開け放った。初夏の風がゆららのなかを通り抜けていく。梅雨入りしているのが嘘のように、日差しの眩しい日だった。

薄暗い店内に明るさが増し、横にいた眞白がくしゃみをした。

「手伝っていただけてありがたいです！」

「いやいや、お世話になってるので」

鹿撃ち帽の代わりに三角巾を巻き、エプロンをつけた亥之助が頭を下げたので、私も思わず頭を下げてしまう。世話になっているのは不可抗力なのだが、亥之助に言っても仕方がない。

昨日、あぶり餅を土産に帰ってくると、亥之助がひとりでせっせと掃除をしていた。話を聞けば今日も続きをするというので、手伝うことにしたのだ。

「掃除は嫌いじゃないし」

「紅緒さんには喋らない普通の古道具の場所をしてもらいますから」

「お気遣いありがとうございます」

「もしわからないことがあったら、なんでも僕に聞いてくださいね」

さりげなく強調された「僕」に笑ってしまいそうになる。

「亥之助は頼りがいがありますからね」

穏やかに微笑みながら眞白が言うけれど、自分が頼りにされていないということはわかっているのだろうか。

「はい！　眞白様のためにも頑張りますね！」

しかし亥之助本人の眞白ラブも相まって、なんだか平和そうなので深く追及しないことにした。

「ではさっさと終わらせましょう」

亥之助のかけ声で、私たちは二手に分かれた。

ゆららの店舗部分はそこまで広くない。学校の教室よりすこし狭いぐらいだろうか。しかしそこかしこに古道具が並べられ、積まれ、その隙間を縫うように通路があるため掃除は大変だ。

私の担当は、そこまで古くない行灯やランタン、ランプなどの照明器具が並べられたエリアだった。眞白に許可を得て、いくつかのスイッチを入れてみると、オレンジや赤や黄色の光がぼんやりとあたりを照らす。和風も洋風も、オリエンタルなものもあるおかげか、とても幻想的な景色に変わった。

とはいえ、どれも埃が積もっている。

ちらと、眞白を見る。

「……なになら出来る？」

一応、着物をたすき掛けにはしているし、手伝う気はあるのだろう。

私の質問に、眞白は「そうですね」と手を顎に添えて首を傾げた。

「ものを持つ、ぐらいは」

「了解です。とりあえずそこ立っててください」

過度な期待はしないでおこうと、私は掃除を始めた。

亥之助に喋らないと保証されていても、苦手意識が消えるわけではない。おっかなびっくり触って傷つけたり、うっかり触れたものに驚いたりしないように、軍手を着用することにした。

「庭を掘るのは手際よかったのに」

踏み台に乗ってぶら下がっているランプのシェードの埃を拭き取りながら言うと、眞白がこちらを見上げた。

「庭仕事なら、多少は」

「やっぱり木だから?」

「おそらくそうなのでしょうね」

「眞白様は、お庭に関しては職人なんですよ」

私たちの会話が聞こえていたのだろう、亥之助の声だけが聞こえた。探してみると、大きな箪笥の向こうにぴょこんと人影が見える。

関しては、と強調するように言った亥之助に笑いながら、次のランプへと移る。アジアンテイストなそれは、金属で菊かダリアのような花の装飾が施されていた。

その後も淡々と掃除を続け、照明たちは明るさをより増していった。眞白は私の邪魔にならないようにと気を遣って立ち位置を変えてくれる。

たしかに、ものは持てていた。いやものを持つって、ご飯を食べるとか、椅子に座るとか、基本動作だとは思うのだけど。でもとりあえず、お願いしたものはきちんと持ってくれていた。

それにその所作は、とても丁寧だった。どの古道具もゆっくりと持ち上げ、大切そうに優しく抱きかかえる。まるで新生児をあやすように。

そう、どれもが「持つ」ではなく「抱く」だった。

「なんだか、道具じゃなくて子どもみたい」と言った私に眞白は笑った。

「私より年下のものばかりですから」

そう返されたのでたしかにと私も笑った。

道具はあくまで道具。眞白はそう言っていたし、それは事実。でもだからといって無下に扱うわけじゃない。

その気持ちはとてもよくわかるので、なんだかほんのり嬉しいようなくすぐったい気持ちが湧き上がった。

ときどき亥之助に訊ねながら掃除を始めて二時間。

「ただいまー」

店の出入り口に、なんともきらびやかな姿の灯青が立った。服はモード系なのに、灯青自身が燦々としている。

「灯青様、おかえりなさい」

古道具の隙間からひょこっと亥之助が頭を出す。穴から顔を出すウサギやプレーリードッグみたいでかわいらしい。

「なになに、みんなで掃除してたの？　えらいなー。紅緒ちゃんもありがとうね」

そう言いながら灯青は持っていた風呂敷包みをテーブルの上に置いて、肩を回す。見た目は艶やかな大人の男性なのに、動作はおじさんっぽい。

「それは、あれですか」

眞白が近寄りたそうにしていたので、掃除の手を止めて灯青のほうへ行くことにした。あれとはなんぞや、とテーブルに寄る。

「そうそう。直ったので取りにいってきたの。綺麗になったよ。見る？」

と言いながら、灯青はすでに風呂敷をほどいていた。

包まれていたのは、Lサイズのピザが入りそうな大きな箱。なかには、繊細な色合いで描かれた牡丹の絵皿が入っていた。

「綺麗」

息を呑んだ。

和風な牡丹のデザインではない。もっと抽象的というか、モダンで幾何学的な印象がある。そしてその大きな絵皿には、小文字の「y」に似た歪な金色の線が入っていた。

「金継、ですか」

「お、紅緒ちゃんよく知ってるね。割れてたから直してもらったの」

祖父に教えてもらったことがある。割れたり欠けたりした陶磁器や漆器を漆で継ぎ、金や銀などの金属で装飾する補修技法。

うちでも祖母の大切な花器を金継に出したことがある。それは割れたものを直すというよりも、初めからそういうデザインだったのではと思わせるほど、品と美しさをまとって返ってきた。

この絵皿も、まさにそうだ。

たしかに牡丹の花は金によって分断されている。それでもその鈍い光が、揺らめくような線が、花を一層際立たせているように見えた。

思わず軍手を取る。そっと、その継いだ部分に触れてみる。

『ほんまに?』

「っ……は、はい。ほんまに、です」

突如聞こえてきた声に、思わずのけぞってしまった。背中にすっ、と眞白の手が添えられたのがわかる。

「大丈夫ですか、紅緒」

「ごめん紅緒ちゃん。この子、まだ若いんだけど霊性はあって」

「あ、いや、大丈夫です。私こそすみません、勝手に触って、しかも驚いて……失礼なことを」

ゆっくりと息を吸って、吐く。合わせせるように眞白が背中をさすってくれた。その手が温かく、親みたいだ、と思ってしまって笑いそうになる。

しかし同時に、祖父母とは違うという感覚も覚える。手の温度、大きさ、指の節の感じ、さするスピード。

違うのに、なぜか懐かしい。

すうっ、と気持ちが落ち着いていく。

「紅緒ちゃんさ、幽霊に会ったらびっくりしない？」

「——え？」

やっぱりどこかで眞白と……と考えていたら、灯青が唐突なことを言い出した。

「幽霊、ですか？」

「そう幽霊。死に装束の女性でも、落ち武者でも、知人でも。そういうのにいきなり出くわしたらびっくりしない？」

「それは、びっくりすると思いますけど」

黒豆を思い出す。ただ彼は猫又だと事前にわかっていたし、いきなりではなく探していた相手だし、例外だろう。

「だよねえ。同じだよ」

「同じ、とは」

「古いものに触ったら声が聞こえてびっくりするのと、幽霊に出くわすのと。だって、両方とも自分の世界の普通じゃないもの、でしょ？」

自分の世界の普通じゃないもの。

たしかにそうだ。古道具の声が聞こえることだって、当たり前ではない。

「僕たちは人間にとって異質なもの、という自覚はあるので失礼でもなんでもないですよ」

亥之助がぴょこんと現れた。手にはお茶のグラスを載せたお盆を持っている。「どうぞ」ともらったそれはほうじ茶で、大きな氷が入っていてひんやりと心地よい。

「ただ、否定されると悲しいかな。まあ気持ちはわからなくもないんだけど」

「否定、ですか」

「うん。たとえば俺は古鏡のつくも神だ、って言ってるのに、いやまさかそんなもん存在するわけないでしょーって信じないとか」

少々オーバーなジェスチャー付きで灯青が言う。それを見た眞白はええと頷きながら、

「仕方がない、とは思いますが」

と諦めとも慈愛ともとれる優しさの瞳で付け加える。

彼の手はいつの間にか離れていた。

「うん。そもそも人間にとっては存在しないか、想像上の産物かだからね、俺らって。だからそう言われることは仕方がない。あくまで、悲しいってだけ」

自分の分のお茶を飲みながら、亥之助がこくこく頷いた。眞白もその意見に同意といった感じである。

私も昔、声が聞こえると言ったときに、信じてもらえないことがあった。でも祖父はそれを否定しなかった。本当かどうかを確かめることもせず、ただ『そうなんやなあ』と聞いてくれた。あのときの、安堵感。

「わかる、気がします」

　ここの人たちも、私の古道具の声が聞こえるということを、否定しなかった。もちろん、実際声を聞いてここへ辿り着いたからという実績あってのことかもしれない。それでも。

「それと苦手意識はまた別かと思いますし、無理に改善する必要もないのですよ」

　眞白の意見に灯青もうんうんと頷く。

「そだねえ。まあ慣れもあるかもね。昨日は古道具の声聞いてみたんでしょ？」

　どうだった？　と灯青に聞かれ、私はあの部屋と千鶴代さんを思い出す。

「緊張はしましたけど……でも、役に立ててよかったなと」

「ましろんじゃ無理だったもんねえ」

「あ、いや、でも眞白のおかげでスムーズに運んだ面もあるので」

　眞白がいなければ、黒豆を探すのにもっと手間取っていただろうし、庭のどこに文箱を埋めたかもわからなかった。

　へえ、と灯青がにんまり笑う。それを眞白が呆れた目で見て、ため息をついていた。

「あとはあれだね、古道具だって俺みたいに、いいやつもいるんだってわかってもらえれば」

「僕だって、人間にひどいことなんてしないですよ！」

自分のことしか言わなかった灯青に、亥之助が頬を膨らます。

「そう、ですよね。人間だっていい人も嫌なやつもいますし」

それはすんなり受け入れられた。たまたま、怖い思いをしたことが重なったり、記憶に残ったりしたせいで、全体をそうだと決めつけるのは浅はかだと自分でもわかる。

それと、本来は喋らないはずなのにという、自分の世界の当たり前じゃない感覚。

「あの、この絵皿とすこし話してみてもいいですか？」

自分でもそんなことを言うとは予想外だったから驚いた。でも声がする道具は長年大切に使われてきたからだという理由を知った。もちろん、かといって全てが優しく話してくれるとは思っていない。長年生きていれば、いろんな経験をするだろう。その結果、つい暴言を吐いてしまったり、辛辣になってしまうこともある。

それは人間だって同じだ。

「もちろん、いいよ」

灯青は優しい笑みで、即答してくれた。

お茶のグラスを置いて、もう一度、絵皿に触れる。ひんやりとした触感。指先がとらえる、僅かな凹凸。

『うちもびっくりしたんよ』

再び聞こえたのは愛くるしい、女性の声。

『だって喋れると思わんやん。むっちゃ嬉しい』

「え、嬉しい、んですか」

『なにゆうてんの、嬉しいに決まっとるやん。ずっとひとりやったんやで』

よく喋る子だと思った。年の頃は同じ、鮮やかな着物を着て髪をハーフアップにした、大正か昭和のお嬢様を想像してみる。ちょっとお転婆な感じの。

しかしその最後の、ずっとひとりというのに引っかかる。

「ひとり、だったんですか」

『もう、そんなかしこまって喋らんといて。ひとりゆうても、まあ割れるまでは人の家にはいたんよ。ただな、ずっと飾られてただけで』

「彼女は割れたせいか捨てられててね、俺が拾ってきたの」

灯青が補足してくれた。眞白は声が聞こえないため、亥之助が通訳しているみたいだ。私の邪魔にならないようにと、静かにその言葉を聞いている。

「それで、金継に」

言って、想像してしまう。彼女は割られる前から霊性を獲得していた——つまり今のように意識があったのだろう。その上で割れたことがきっかけで捨てられる——。

『あ、捨てられたことはええんよ。むしろ清々したわ』

「えっ、清々したんですか」

『だからかしこまらんといて。だってずうっと棚のなかに飾られてただけやもん。そらうちは飾られる皿やけども、ときどきは棚から出して眺められたり、綺麗やねって言ってもらいたいやん』

　本当によく喋る。しかも早い。ただ声音は明るく、リズムもいいので聞いていて楽だ。通訳の亥之助は大変そうだけど。

　堰を切ったように、彼女から言葉が溢れ出す。

『ただのコレクション、金持ちの道楽。そんなんで他のもんと一緒にずっと棚のなか。前の持ち主は違ったんやけどね』

「たしかにそれは淋しい」

『そやろ？　最後にはあれやで、浮気がバレてキレた奥さんに投げつけられてガシャーン、てな』

「うわあ……ものは悪くないのに」

『せやねん。わかってくれて嬉しいわ。うちにはなんの罪もないんよ。まあでも、奥さんからしたら無駄遣い思われてたんやろな』

　それに、と絵皿は笑った。

『おかげで灯青に拾われて、直してもろて、ここに来れたわ』

　たしかに、割られなければずっとその棚のなかにいたのだろう。いつか整理される日は来たかもしれない。けれどそのとき灯青と出会えるかはわからない。

「しかしあれだね、随分立ち直ったね。ついさっきまで、こんな継ぎ接ぎになって、うちもう価値なんてないんちゃうか、とか言ってたのに」

朗らかに微笑みながら、灯青が言う。

「え、そうなんですか」

「うん、俺がいくら大丈夫だよ、君は綺麗だよとか言っても聞いてくれなかったのに」

『だって、うさんくさいし』

こんなに明るくて、こざっぱりと話してるのに、と絵皿を見つめた途端、思わぬひと言が飛んできて噴き出してしまった。

うさんくさい。その気持ち、ちょっとどころか、かなりわかる。

「あ、紅緒ちゃんひどい。てか眞白までちょっと、なに笑ってんの」

見れば顔を背けた眞白の肩が揺れている。亥之助は頑張ってポーカーフェイスを気取ろうとしているものの、明らかに失敗して顔の筋肉が奇妙な動き方をしていた。

『紅緒っていうんよね？　紅緒は真っ先に、あたしのこと綺麗言うてくれたやろ。継がれたところ、触って』

それだけで、ええんや、って思えたんよ。

絵皿の声が、頭ではなく心に響いた。右手を通して、しっかりと、でも柔らかに聞こえる。

「よかったですね」

眞白が目を細める。

くすぐったいような、さざ波が足元をさらうような気持ちだった。

『ところで、紅緒はなんでここにおるん？』

素直な感想が、絵皿の気持ちをすこしでも楽にしたのなら私も嬉しい。そう思っていたところにそんな質問が飛んできた。

「紅緒ちゃんは、眞白の婚約者なんだよね」

しかしすぐさま灯青が答えてしまった。

『えっ、婚約しとんの？　ほんまに？　紅緒は人間やろ？　眞白って、そっちのもののけのお兄さんやろ？　え、なんそれ、むっちゃ素敵やん。ふたりはどないして出会ったん？』

案の定、訂正する間もなく、絵皿から怒濤の質問攻撃を浴びてしまう。灯青を軽く睨むと「事実だもん」とにやりとされた。

「いえ、婚約は破棄しますので」

そして想像通り、眞白はばっさり切り捨てた。

しかしそれは絵皿には通用しなかった。

『は？　なんでなん？』

亥之助が一言一句どころか、イントネーションもそのままに眞白に伝える。ちょっと不機嫌なところまで真似て。

「なんでと申されましても、結婚する気はありませんので」

『じゃあなんで婚約したん？　なに、政略結婚とかそういうん？』

絵皿の声が聞こえない分、眞白からの返答は遅れる。

「そういうわけではありませんが」

『じゃあどういうわけなん？　てか紅緒は納得してんの？』

「いや……そもそも、婚約した記憶が一切なくて」

『はあ？』

あまりに特大の「はあ？」に、思わず右手を離してしまった。道具は動かないはずなのに、絵皿ががたりと動いた気がしてしまう。

「私も結婚する気はないんだけど、どうして婚約したのかは知りたくて」

『え、なんかむっちゃ複雑なん？　うちでよかったら話聞くで？』

最初こそおきゃんなお嬢様を想像したけれど、だんだんと関西弁の頼れる金髪のお姉さんのイメージになってしまう。いいキャラだなあと笑っていると、ぐう、という音が聞こえてきた。

「あっ、すっ、すみませんでした！　大事なお話し中に」

どうやら亥之助のお腹の音だったらしい。顔を真っ赤にしてお腹を押さえている。食べなくても平気な彼らも、ご飯のことを考えればお腹が空くのだろう。

「そういやそろそろお昼ご飯の時間だね。じゃあいったん話は終わりにして、ご飯にしようか」

灯青がいいかな？　と私に聞くので頷いた。とくにメニューは考えていなかったけど、この間買ってきた素麺があるから、薬味を刻んで、あとはだし巻き玉子でも焼けばいいだろう。

『また話してな』

「あ、はい……うん、もちろん」

ふふ、と笑われる。

『今日からここがうちの家』

私の手が離れる瞬間、絵皿はそう言った。そのまま灯青によって店の陶磁器が多いエリアに置かれる。

「もう店はやってないんだけどね。でもきっと、寂しくはないよ」

そういえばどうして店を閉めたのだろう。気になるけれど、亥之助どころか眞白までもがご飯を楽しみにしだしたので、後で聞くことにした。

「今日のお昼ご飯はなんでしょうか」

掃除道具は亥之助が片づけてくれるとのことで、私は眞白と奥の台所へと向かう。

「素麺とだし巻きかな……あ、茄子もあるから揚げ浸しにでもする？　めんつゆに入れると美味しいよね」

「茄子……茄子は……焼いたのが……」

眞白のものすごく小さな声の主張に笑ってしまう。

「焼き茄子は時間かかるけど」

「あ、いえ……」

「夜ご飯にしようか、焼き茄子は」

妙に頑固なくせに、こういうところはおかしい。

私の提案に眞白の顔が輝いた。そういうところも、なんかこう、思ってたキャラと違うというか、かわいいというか。

「ぜひに」

きっと悪い人ではないんだよなあ、と思いながら私は背中にあった感触を思い出していた。


「そりゃあ、客が来ないからだよ」

素麺を美味しそうに啜っていた灯青がさらっと答えた。

縁側に置かれたレトロな緑の扇風機が首を振っている。

「来ない、んですか」

どうして店を閉めたのかと聞いたのだ。古道具はたくさん並んでいるし、先ほどの絵皿も含め、今でも灯青や眞白が連れて帰ってくるらしいのに何故と。

「うん、来ないねえ。まあ元々、商売がしたくて始めたわけでもないし」

「そうなんですか」

「新しい出会いがあったらいいなーって思っただけだからね」

眞白と亥之助は知っていることなのだろう。うんうん頷きながらかたやだし巻きを頬張り、かたや素麺を大量につゆに浸している。

客が来ない。祖父が人見道具店を店仕舞いした理由のひとつに、それもあっただろう。今は専門店で買わなくとも、安くて機能性のいいものがあちこちで手に入る。

「でも今なら昭和レトロって人気もあるみたいですし、好きな人いそうですよ」

「うちは昭和レトロっていうか、ほんと、ただ古いからなあ」

灯青が苦笑いを浮かべた。そうなんだろうか。こういうのが好きな人もいそうなのにと思えど、避けてきた人間なので説得力のあることは言えそうにない。

「いつからやってないんですか」

「いつ……いつだっけ？」

え、それも覚えてないぐらい？　と思ったら、丁寧な所作でお茶を飲んでいた眞白が「それなら」と教えてくれた。

「先の戦時中にはすでに」

「先の……ってまさか応仁の乱……？」

「いやいや紅緒ちゃん、そんな古典的なボケかまさなくていいから。そんなわけないでしょ、第二次世界大戦です」

ぺしっ、という古典的なつっこみの手を灯青が見せてくれた。ちゃんとつっこんでもらえて安心する。

「となると、終戦が一九四五年だからだいたい八十年ぐらいですか」

「あ、もうそんななる？　そっかあ、八十年かあ……」

偲ぶ声と表情に、私も同調してしまう。

八十年。祖母も生まれていない。私にとって太平洋戦争は教科書のなかの出来事で、学んだとて全てを知ることは出来ないものでもある。それを彼らは、ここの古道具たちは経験してきているのだ。

「紅緒さんは久しぶりのお客様なんですよ」

満腹になったのか、亥之助が幸せそうな顔をして言った。気づけばふた袋茹でた素麺はおろか、葱や海苔などの薬味も全て消えている。早い。

「客、と言っていいのかわからないけれど」

「ゆららを訪れた人間、ということでしたら久しぶりですね」

「そうだよねえ、最後に人間が来たの、いつだったかなあ」

面倒くさがらず一人前ずつ皿に盛るべきだったな、とよく冷えた京番茶を飲もうとしたところで、ひとつ気づく。

「あれ、ということは店を閉めても人は来てたんですか？」

八十年ぶりの人間、というわけではなさそうだ。

私の問いに灯青は丁寧に手を合わせてごちそうさまをしてから頷いた。眞白も同じようにしてから「そうですね」と相槌を打つ。

「来てたねえ、ごくたまーに」

「この店はただの古道具屋じゃないんですよ」

えっへん、という感じで亥之助が胸を張った。

「……まあ、つくも神がいる時点でただの古道具屋じゃないのは十分承知してるんですが」

「いや、そういうことじゃなくてですね」

今度はぷうと頬を膨らませている。気づいてはいたけれど、亥之助は随分と感情が豊かだ。彼の持ち主はどんな人だったのだろう。同じように喜怒哀楽に富んでいて、道具の亥之助に話しかけるような人を想像してみる。今度、亥之助本人に訊ねてみようか。

「百鬼夜行で人を助けることが出来るんです」

またしても亥之助はふふんと気取ってみせた。

「ひゃっき、やこう?」

どこかで聞いたことあるような、ないような単語だった。漫画かゲームにあった気がしなくもない。なんだったたっけ、と記憶を探る。

「おや、ご存じない」と言わんばかりに、亥之助の顔が輝いた。

が、その説明は要領を得なかった。どーんとかばーんとか、なんでそこだけ関西人なんだと言いたくなるような擬音ばかりで、灯青に「あっはっは」と笑われる始末。眞白は聞く気がないのか、澄ましてお茶を啜っている。

「まあざっくり言うとつくも神たちの宴会だよ」

亥之助の演説が終わったところで、灯青が教えてくれた。宴会というまとめに本当に？と眞白の顔をうかがってみたけれど、なぜか彼は私を見ようとしない。

「昔はね、絵巻に描かれてたみたいに京都の町を練り歩いていたこともあったけど、今はそんな大規模なのは年に一回。節分の日だけだね。昔と違ってルールもしっかりあるんだよ。たとえば人を傷つけてはいけないとか」

「あ、なんか思い出しました。つくも神や妖怪が行列になって……安倍晴明《あべのせいめい》の本で読んだ気がします」

「安倍晴明ときたかー。紅緒ちゃん結構物知りだよね。まあその時代はさすがに俺も知らないんだけど」

「でもそれは年に一回、ということは他の日もあると？」

さらっと納得したけれど、考えてみれば節分の日にはつくも神たちが京都のどこかを練り歩いているということだ。

「そうそう。月に一回日が決まってた時代もあったみたい。でもつくも神の数も減ったし、べつに人間界に出かけたけりゃ出かけりゃいいし。だから今はもう、せっかくだしたまには会ってみんなで飲もうかーって。そんな感じ」

地域のお祭りや地蔵盆が簡略化されていく流れになんだか似ていて、こちらの世界にも時代の変遷があるのだなと実感する。とはいえ、その話し方だとだいぶ軽い。

たまには、ということは不定期開催なのかと問うと「いんや」と灯青が教えてくれる。

「俺の管轄エリアではね、ゆららで毎月十日開催」

「なんで十日なんですか？」

「いや、深い意味はないよ？　まあそれぐらいがいっかなーって」

そこらへんは緩くていいのか、と思うと気が抜けた。つくも神的に特別な日とかじゃないのか。

気を取り直して本題に移る。

「百鬼夜行はわかったんですけど、それで人を助けるとは？」

眞白が僅かに身じろいだ。さっきから様子が変だ。もしや私の神隠しないしは婚約と関係あるのではないだろうか。

しかし変につついてまた閉じた貝のようになっても面倒だと、眞白は放っておくことにした。それよりも情報収集だ。

そんな眞白に灯青も気づいているのだろう。横目でちらっと観察している。

「百鬼夜行って、古道具たちの思い出を語り合う場みたいなものなのね」

普段説明することはないのかもしれない。灯青が腕を組んですこしだけ首を傾げながら教えてくれる。

「そのときに人間がいると――とくに迷いや悩み、惑いがある者がいると、古道具によって記憶を呼び起こしたり、リンクさせたりして、いい感じにまとまる、みたいな」

「えーと、つまり悩みがある人間が百鬼夜行に出会うと、それが解決するかもしれないと。古道具のおかげで」

「そうそう。そういうこと」

細かいことはさておき、なんとなく理解はした。

この『古どうぐや　ゆらら』では百鬼夜行が月に一回、十日に開催される。その百鬼夜行によって人間の悩みや迷いが晴れる、その手伝いをしている、ということなのだろう。

ふと、イメージが湧く。

店に入ると、そこは百鬼夜行。古道具たちの楽しそうな昔語りが、ざわめきとなって聞こえる。その間を縫うように歩いていくと、ひとつ、光るように目に入る古道具。それに触れると――。

あれ、これってなんか。

「……お、紅緒」

「ん、え、あ、はい」

気づけば目の前で手のひらが振られていた。ピントが合わなくて、むむと目に力を入れてしまう。

「大丈夫ですか。随分と呆けておりましたが」

「呆けてって失礼な。大丈夫です。すこし考えごとをしていただけです」

手の持ち主は眞白だった。「ならよいのですが」と亥之助が、注いでくれた新しい京番茶を手元に置いてくれた。

今思い描いたイメージは、私が初めてここ、ゆららに来たときのものだ。そういえば私はあのとき幻想のようなものを見た、と思う。いやでもあれは十日じゃない。そもそも十日って——。

「そういえば明日、よろしければみたらし団子でも食べにいきませんか。クリーム白玉あんみつも美味しいお店が下鴨にあるのですよ」

唐突な話題に面食らう。もらったお茶を飲もうとした手を止めた。

「いや、なにをいきなり」

「やだましろん、俺らの前でデートのお誘いとか」

灯青ににたにたと笑われて、ため息がこぼれてしまう。

「違いますから」

「えー、昨日だってふたりであぶり餅食べてきたんでしょ？　いいじゃない、仲良しさんで」

仲良しさんて、と内心つっこむ。ふたりで出かけさせたのは灯青だし、食べたのは成り行きというか、眞白がどうしても食べたそうだったからだ。

「べつに、食べにいくぐらいならいいけど。他に用事もないし」

そう言ってからはたと気づく、というか思い直す。用事がないわけではない。眞白と離れられなくなって四日目。つまり大学の講義もそれだけ行けていない。さすがにまだ出席日数は大丈夫かと思うけれど、いずれ眞白に大学生の振りをさせてでも連れていくことになったら——想像して、げんなりしてしまった。

みたらし団子なんて食べている場合ではないのでは。いやでも、この状況を改善するのが先決。そのためにはすこしでも眞白と過ごして真実を摑まねばならない。

よしとお茶をぐいっと飲み干す。しかし同時になにかを忘れている気がした。さっき気づいたなにか……。

「明日、百鬼夜行ですよ。眞白様は参加しないんですか」

亥之助がきょとんとした顔で、私と眞白を交互に見ていた。

「へ」という声と共に思い出す。

そう、明日は六月十日だ。毎月開催される百鬼夜行の日。

それなのに、眞白は私を外出に誘った。もしや、とじっと眞白を見ると、すーっと目を逸らされた。

やはり。

「……もしかして、私も参加出来るんですか、百鬼夜行」

さっき灯青が言っていた。古道具によって記憶を呼び起こしたり、と。

つまり私にもそれが適用されれば。

「まあ、出来なくはないっていうか。ここにいたら参加することになるんじゃない？」

　私の想像したことがわかったのだろう。灯青がにやりと笑いながら答えてくれる。その目が眞白を捉えても、眞白は白を切るごとくそっぽを向いていた。

　やはり嘘が下手だ。

「でも、それで紅緒ちゃんの記憶が戻るかどうかはわかんないよ。古道具との相性みたいなものもあるし」

「相性ですか」

「うん。ほら昨日、ガラスペン届けたでしょ？　あれってべつに届けた相手が使ってたものじゃないよね。でも役目は果たせる。その人間が使用したことがなくても、記憶のキーアイテムだったり。もしくはその古道具の思い出と重なったりすればいい。でもそういう、リンクするものが今うちにあるとは限らない」

　ただ、と灯青は続けた。

「眞白と再会して、商羊に導かれて。この店に辿り着けたってことは、なんらかの縁はあるんだろうし、可能性は低くないんじゃない？」

　急に目の前が開けた気がした。もしかしたらなくした記憶が蘇るかもしれない。それが婚約と繫がっているかもしれない。

　それがわかれば、眞白と離れることが出来る。

　もう一度眞白を見る。彼はなにも言わなかった。ただ先ほどとは違い、静かに私を見ていた。その瞳が湖の底のように深く、密やかに揺れている。

彼がどうしてそこまでなにかをひた隠しにするのか。理由がないとは思わない。だけど私は、わからないままでいたくない。

私の記憶だ。思い出せなくてもなくなったわけではない。そう思ってきた記憶。

今まではそれでよかった。でも突然婚約が発覚して、しかも相手がもののけで、さらにいきなり破棄されて。はいそうですかでは、終われない。

それに、やっぱり私はこの人を知っている。

ときどき眞白に感じる懐かしさや安堵感。その正体が知りたい。

「まあ、なんか事情がありそうだし、ふたりで話し合って」

相変わらず軽い感じで灯青が言う。話し合いで解決するなら、もうとっくに終わっている気がするのに。

そうため息をつきたくなりながらも、私は眞白の瞳から目を逸らすことが出来なかった。


夜中、目が覚めた。

人の声がする。眞白が誰かと話していた。

枕からそっと頭を上げ、声のほうを確認した。眞白との間に立つ衝立の向こう、窓にうっすら人影が見える。

夜の底のなか、その姿ははっきりしなかった。ただ、シルエットからこの間もいたあの髷姿の男性だとわかる。

「明日は……するように」

「……もちろん……です……合わせる顔なんて……」

眞白は近くにいるはずなのに、なにを話しているのかはわからない。

気づかれたらこの間のように去っていくのだろう。布団に入ったまま、そっと耳を澄ます。だがすぐに、あの男性は消えてしまったみたいで、声も消える。

「なに、話してたの？」

このまま黙っていてもよかった。けれど言葉は口をついてしまう。

眞白はただ静かに「起こしてしまいましたか」と言った。私が起きていたことに驚いた気配ではなかった。

「この間もいた人？」

「ええ……そうですね」

衣擦れの音がする。布団の上に座り直したのか、なかに入ったのか。衝立の向こうを覗く勇気はなく、頭を枕へと落とした。

「明日のこと？」

返事はない。

「百鬼夜行のこと、どうして黙ってたの？」

小さなため息だけが聞こえる。

いや、それが聞きたいわけじゃない。店のこと、百鬼夜行のこと、話してもらえなかったといじけるつもりもない。

「どうして、そんなに嫌なの？」

一番知りたいのは、やはりこれなのだ。理由もなくただただ否定されるのが辛い。灯青だって言っていた。否定されると悲しいと。

たぶん同じなのだ。私の過去を否定される気がして。なかったことにしようとされるのが、悲しいのだ。

「守りたいから、でしょうか」

「え——？」

予想していなかった答えが返ってきて、頭を上げる。

守りたいから。

その言葉の意味を反芻してしまう。

眞白はそれ以上なにも言わなかった。衝立の向こうから聞こえる音はなく、窓の外微かに風の音が耳に届く。

守りたいから。

それは一体、なにからなのだろう。

それに、私は守られたいのだろうか。

もしそれが眞白のエゴでしかなかったら。

わからない。あまりにも情報が少ない。

枕元のお守り袋を握って櫛の感触を確かめる。神隠しの後、祖父からもらった大切なお守り。

やはり、明日の百鬼夜行に参加したい。可能性がゼロでないのなら、全部じゃなく一部だけでも記憶が戻るなら、そのきっかけが摑めるなら。

守りたいという眞白の意志を、想いをないがしろにしたいわけじゃない。

ただ守られているだけの、人間にはなりたくない。

衝立のほうを向いたまま、深呼吸をした。向こう側からも、静かに息を吸う音が聞こえた。


太陽が降り注ぐ午後三時。

「……暑くないですか」

私と眞白は賀茂川を歩いていた。

「しかし風が吹くので幾分か涼しいですよ」

「で、どこまで行く気なんですか」

「ええと、そうですね……桝形《ますがた》商店街まで行ってみましょうか」

「は？　出町《でまち》まで歩くと？」

まだ北山通りを過ぎたばかりだ。ここから高野《たかの》川との合流地点、通称鴨川《かもがわ》デルタまではそれなりに距離がある。

歩けなくはないですよ、といった顔を見せた眞白に、私は気づかれないよう、ため息をついた。

今宵は百鬼夜行だ。朝から亥之助は掃除だ準備だと走り回っていたし、私も手伝っていた。

そして案の定、眞白は私をなんとかして外に連れ出そうと頑張っていた。やれ宇治《うじ》の生茶ゼリーがとか、嵐山《あらしやま》のあんバター鯛焼きがとか、果ては梅田《うめだ》の百貨店に並ぶウィークエンドがどうとか。

まあ甘いもので私が釣れると思っているというよりも、とりあえず自分が食べたいものを提案しているんだろう。私だって嫌いじゃないけれど、その提案だけで胸焼けしそうなほどだ。

とはいえ私にだって意地がある。出来る限りのことはチャレンジしたいし、なんといっても早くこの状況を打破したい。

そう、百鬼夜行に参加したいのだ。

が。朝早くから攻防を繰り広げて昼食後。

まさかの根負けをした。

お風呂に入るとき以外、私と眞白は離れることが出来ない。出来たとて一メートルほどで、ほぼずっと同じ場所で同じことをしている。つまり相手がどこかへ行こうとするならば、こちらも一緒に行かざるを得ないわけで。

だからこの四日、不便はあれど互いに協力し合って動いていたつもりだった。私が料理するときは眞白が害にならない位置に、眞白が庭に出て散歩するときは私が邪魔にならないように。

なのに眞白は、その協力を拒んだのだ。しかも「庭も掃除せねばなりません」なんて言って。

庭仕事なら眞白も出来ると、ふたつ返事で外に出た私も迂闊だった。そこから「店先だけでなく、道のほうも」「あちらに生えている雑草も」などとずるずると引きずり出され。気づけば眞白は、梃子《てこ》でもゆららに戻らぬ意志を見せていた。

「申し訳ありません」

そう言った表情だけがちっとも読めなくて、私は負けを認めざるを得なかった。

そんなこんなで今、賀茂川を歩いている。

景色はすっかり夏めいていて、草いきれが身体を包み込む。暑いさなかにも散歩をする人や、木陰で遊ぶ子どもたちの姿があった。

梅雨が明けると京都は連日三十五度を超え、日中の外出は地獄と化す。遊ぶのも今のうちなのだろう。葉桜の青々とした葉を見上げながら、どうしたものかと何度目かのため息をついた。

諦めたわけではない。なんとしてでもゆららに戻りたい。せめて落ち着いて話ができればと思い、上賀茂神社を過ぎて賀茂川までやってきた。

「なにか、買い物でも？」

かといって、なにをどう切り出してなんの話をしたらいいのかもわからない。

沈黙に耐えられず、とりあえず話を繋いだ私を眞白は横目でちらりと見た。

「……いえ、これといって……あ、そういえば茶葉が切れそうでしたし、買って帰りましょうか」

てっきり豆大福が食べたいと言うと思っていたので、ちょっと拍子抜けしてしまう。

「お茶なら、北大路《きたおおじ》に祖母がよく行くお茶屋さんがあるんだけど」

「でしたらそちらに寄ってみましょう」

私の提案に、眞白はにっこりとした顔を見せた。露骨すぎる作り笑顔に、言葉に詰まった。一種の気持ち悪さのような、落ち着かなさがやってきて、ぎゅうっと胃の奥が痛くなる。

白い鷺が、川から飛び立つ。

「ねえ、眞白」

守りたいから、でしょうか。

昨夜の眞白の言葉が蘇る。

私は彼の気持ちを踏みにじっているのだろうか。守りたいなんて眞白のエゴかもしれないと思ったけれど、私のほうこそ自分勝手で相手のことを考えていないのではないか。

それでも。

『ええか、紅緒。思い出はものすご大事なんや』

祖父の声が、祖父との思い出が蘇る。

忘れたってかまへん、と祖父は言った。なくなったことにはならんと。私もそう思う。きっと、忘れてしまった神隠しの記憶も、私を作るなにかにはなっている。

でも。

眞白の歩みは止まらなかった。日差しが眞白の髪を縁取って、その輪郭をぼかしていく。

「忘れて、ごめん」

眞白の足が、速度を落とした。目が合う。なにか言おうとしたのか、唇だけが微かに動く。

眞白は一度たりとも、私が覚えていないことを責めたりはしなかった。ゆららで再会したときは、嬉しそうに私を抱き上げたのに。四歳とはいえ婚約までしたぐらい、なんらかの関係はあったはずなのに。

忘れたくて忘れたわけじゃない、たぶん。

それでも忘れられたほうは、淋しくないのだろうか。

「でも、なかったことにはしたくない」

『忘れていたままなら、なかったことになるでしょう』

『ですが理由を知りたいと言うならば、人間と共に生きてはいけないから、と申しておきましょう』

彼から感じる、完全なる否定。拒絶。

もし、神隠しがなかったら私はここにいなかっただろう。それどころか、もしかしたらまだ母と暮らしていたかもしれない。祖父母とは適度な距離感で、今とは違う高校に行き、大学に行き、ゆららやつくも神、眞白なんて知らないまま暮らしていただろう。

眞白にはそれでいいのだと言われている気が、してしまう。

「『思い出は消えへん、なくならへん』……でしたね」

「え？」

眞白がぽつりとこぼした。それは祖父の台詞そのままだった。

足が止まった。木漏れ日が、眞白の顔を斑《まだら》に照らす。

「なかったことにならないのなら、それで十分ではありませんか」

私の足も必然的に止まる。見上げたその瞳は、影のなか深く、静かに揺れていた。

「紅緒は、忘れたっていい、なかったことにはならないと考えているのでしょう。それならば、無理に取り戻さずとも、そのままでいいではないですか。忘れたことを思い出した結果、知らないほうがよかったと思うことだってあるでしょう」

ゆらゆらとゆらめくその底にあるのは、恐れ。

「つまり、思い出さないほうがいい記憶だと？」

「……そうとは言っておりません」

嘘を吐くのが本当に下手だ。

ずっと、忘れてしまったのならそれでいいと思っていた。所詮四歳のときの話だし、たった一日のことだ。忘れることだってあるだろうと、諦めていた。

そう、諦めていた。気にしていなかったわけではない。

本当はずっと気になっていた。なんでその日のことだけ引っかかるのだろう。大切なことを思い出せないような、このもやもやした気持ちはなんだろう。祖父にもらったお守りを握るたび、温かい感じがするのは何故だろう。

祖父母には言えなかった。

神隠し以後、母と暮らさなくなったこともある。そう、わかっていた。ずっと。

いい記憶ではないのだと。

だから「神隠し」などと言うのだと。

でも初めて記憶の片鱗を摑んだとき、取り戻したいと思った。強く、強く思った。

たとえどんな記憶でも。婚約の事実があったとしても。

それに眞白に感じる、懐かしさや安堵感。

その正体を知りたいと、やっぱり思う。

「ありがとう、眞白」

口をついて出たのは、感謝の言葉。

きっと、彼が背負うことじゃないのだ。眞白には眞白が信じる真実も、今まで生きてきたうえで身に抱いた信念もあるのだろう。それを否定はしたくない。出来ない。

私の言葉に、眞白が曖昧な表情を浮かべた。諦めたような、笑ったような泣き出しそうな顔。

さあっと、風が吹いた。それは熱くなく、涼やかなもので。

一瞬で、景色が変わった。

私と眞白は賀茂川ではなく、『古どうぐや　ゆらら』の玄関の前に立っていた。

「おかえり」

灯青が看板の横に立っていた。相変わらず緩ーい笑顔で。

ただ今日の服装は狩衣というのか、古めかしく優雅な和装で、目映いというよりも神々しさが増している。

「店が呼んだんだね。縁が繋がってる」

通常ならありえない展開なのに、私の頭は驚くほど冷静だった。ああ、そうなんだ、と灯青の言葉を何事もなく受け入れている。

「もしかして、店もつくも神だったりするんですか？」

私の質問に、灯青は首を振った。

「建物ではなく場かな。今このゆららは――百鬼夜行は、君たちを呼ぶことにしたんだ」

いつの間にか夕刻になっていた。空が橙色に変化し始めている。影が長い。私と眞白のそれは、ゆららへと重なっている。

眞白は、私の横に立っていた。おそるおそるその顔を見ると、目が合う。その瞳に、色はなかった。

「神ならばゆらさららと降りたまへ、いかなる神か物恥はする」

　不意に灯青が言う。軽やかなリズムで。

「神様ならゆるっとさらっと降りてきてよね、どこの神様が恥ずかしがるのさ……って歌でね。あ、ちなみに『梁塵秘抄《りようじんひしよう》』に収録されてるんだけど」

　さらに唐突な説明に、私も眞白もきょとんとしてしまう。『梁塵秘抄』と聞いたところで、歌集だったようなという曖昧な記憶しかなかった。

　それを悟ったのか、眞白が横から小声で「『梁塵秘抄』は平安時代末期の歌謡集でして、編者は後白河《ごしらかわ》法皇です」と教えてくれたのだけど、いや今はそこが重要じゃないだろ、と笑ってしまった。

　おかげで、ずっとお腹の底に、胸の奥にあったものがすうっとほぐれていく。

　私のその顔を見て、眞白もほんのすこしだけ、笑ってくれた。

「いいでしょ、この緩い感じ。神降ろしの巫女が詠んだんだろうね。適度に神を敬って、適度に小言を言ってあしらってる。きっといい感じの仲なんだよ」

　ゆらさららというフレーズに、店の名前が重なった。

「この歌が好きでね、店の名前にしたの。ゆらら。ゆとりをもって、ゆったりとして行こうって」

　ゆとりをもって、ゆったりと。

「難しく考えないでさ、もっと人も神もものけも、気楽にやろうよ。拒否とか壁とかなくして、たまには文句言い合えるぐらいの距離感で」

灯青がへらへらと笑った。神々しさの欠片もなくなるぐらい、軟派なにーちゃんだった。だからこそ、力が抜ける。息が吐ける。

小さく息をつく音が、隣から聞こえる。

諦めたのかもしれない。でもそれでいい。あの、頑なな態度がすこしでもほぐれてくれたら。それは私にとってではなく、眞白にとってよいことなのではないか、と思いたい。

いってらっしゃい、と灯青がゆららの扉を示した。四日前、商羊に案内されてやってきたときと同じ景色。

ただあのときと違うのは、建物が明るく見えることだ。眩しいとかじゃない。どこか生命があるような、かといって活気があるとも違う、妖しくも落ち着いた命がある感じ。

もう一度眞白を見てから、扉に手をかけた。もう、止められることはなかった。ゆっくりと、その扉を横へと引く。

——さあっと風が吹いた。

ゆららからやってきたその風は、白檀の香りを運んでくる。

扉の向こうは、私の知っているいつものゆららではなかった。

初めて来たとき、ひとときだけ見た、あの光景。

ぽつぽつと灯る行灯やランタンの光がゆらめく。それは柔らかく、温かく灯り仄暗いなかにも影を生む。灯火のように風に揺れるものもあれば、宝石のように光を受けるものもある。不規則に並び輝くそれらは、星にも蛍火にも見えた。

その光に寄り添うように、楽器か声か、あの不思議でいて心地よい旋律が聞こえてくる。もしかしたら誰かが本当に歌っているのかもしれない。聞き取れそうで聞き取れないそれらが、さらりさらりと波のように流れていく。

一歩、足を踏み入れた。涼やかな空気が私を包む。

眞白も私の後ろについてきていた。声はない。静かに、控えるように側にいる。

百鬼夜行というから、てっきり店の古道具が変身しているのかと思った。唐傘や提灯のおばけのように、目がついていたり、手足が生えていたり。

でもそこにいるのは、いつもの姿の古道具たちだった。違うのは、店にあるときのように並んでいないということ。今日の昼間まで店のなかに雑然としつつも種類ごとに並んでいた彼らは、今は大きさや形に関係なく、まるで沿道で祭の行列を見守る人のように、静かに佇んでいた。

そしてそのどれもが、影のなかにいる。いくつもの灯りがあるのに、なぜかその光は当たっていない。身をひそめるよう、私に気づかれないよう、ひっそりと、そこにいる。

ここはゆららであって、ゆららでない。

あの寂しく薄暗い店ではない。天井も壁も感じられない空間のなか、私はそっと、足を進める。

道は、古道具の間を縫うように出来ていた。一本道ではない。いくつも枝分かれしている。その案内もない道を、私はどうしてか迷わずに進んでいる。

どこかに亥之助や商羊、あの絵皿もいるのだろうか。影のなかに目をこらしてみても、その姿は見当たらなかった。その代わり、今までゆらで見たことがない古道具もいることに気づいた。

でも、どれも違う。

なぜかそう感じる。これではないのだと。私が探しているものは、他にある、と。

右を選び、左に向き、私は歩き続けた。やはり眞白はなにも言わない。私が足を止めるたびに、心配そうな気配をまとってこちらを見ることには気づいていたけれど、私もなにも言わなかった。

琴や笛、異国の楽器。それらが奏でる歌が、遠くで聞こえる。振り返ると入り口は見えなかった。そんなに歩いていないはずなのに、今ここにいるのは私と眞白と古道具たちだけで、他にはなにもない。彷徨っているようで、そうではない。扉がなくても、不安はなかった。

だって、ここにあるから。

やがて、ひときわ明るい一角が目に入った。夜明けの東の空のように、白々とした優しい光があたりを照らしている。

迷わず、そこを目指した。気が急《せ》く。そんな私に眞白の気配が濃くなった。

そこには、透かし彫りの花台がひとつ、置かれていた。その上には一本の和蠟燭がゆらめいている。

そして鋏が、あった。

祖父の家で見たことがある。植木鋏と言われる持ち手の大きな和鋏だ、蠟燭の灯りに照らされたそれは、手に取らずともぼろぼろであることがわかる。刃は錆びているし、刃こぼれもしている。

長い間、誰にも使われず、手入れもされてこなかった道具。

不思議と、怖くなかった。苦手意識も飛んでいた。

同時にこれだ、という感情が強くなる。

全く見覚えはない。使ったこともない。私の記憶には一切この鋏は登場してこない。

それでも、これだった。私のほしかったもの。探しているもの。

手を伸ばす。取り戻そうと、植木鋏に触れる――。

しかしそれは、叶わなかった。

指の一寸先、台上の植木鋏は消えた。カランカランという音を立て、暗闇へと飛んでいく。

眞白が、払い飛ばしたのだ。その勢いで和蠟燭も倒れ、火が消えた。

世界から、すべての光が消えた。

眞白の白い髪が、指先が、うっすらと視界に入る。

「どうして――」

私が問いかけると同時に、ドタバタと足音が聞こえてきた。その音に呼応するかのように、つつ闇だった世界に、明るさが戻る。

「もっ、申し訳ねえ！　眞白の旦那！」

その主は、転がり込むように眞白の足元にやってきて、額を地面へとめり込ませる勢いで謝った。

わけがわからない。眞白は自分の手のひらを見つめるように、俯いていた。

「あっしが悪いんで、ほんと面目ねえ」

ただひとつわかったのは、土下座している人物が眞白とこそこそ話していたあの髷の男性であるということだけだった。


「さて、てなわけで質問タイムでーす」

庭の見える座敷にて、胡座《あぐら》をかいた灯青がやけに華やいだ声で言った。

「灯青様、いささか威厳に欠けるのではないかと」

ローテーブルの上にお茶を並べながら商羊が口を挟んだが、当の本人は「いーのいーの。威厳ってのは、大事なときにだけ使うの」とあっけらかんとしている。

つまり今は大事なときではない、と。

その割には、私の横で正座している御仁は無表情を装った困り顔でそわそわしている。

ついでにその向こうに正座して俯いて決して私に顔を見せないあの髷の男性も、床にめりこんでいきそうなほど全てが重たい。

「紅緒様とこうやって再びお会い出来て光栄です」

商羊がそう言いながら私の前に緑茶と氷の入ったグラスを置いてくれた。彼は百鬼夜行のときには人の姿に変化出来るらしい。じゃあ初めてここに来たときのあれも百鬼夜行なのだろうか。先ほどの景色はあのときとよく似ていた。

亥之助は、他の古道具たちのまとめ役を仰せつかって、先ほど意気揚々と部屋を出ていったので、今は彼が代わりにお茶を淹れてくれていた。

商羊の老巧な微笑みを見ると、すこしだけ気持ちが落ち着く。

「灯青様、差し出がましいかとは存じますが、紅緒様はまだこちらに来て日も浅いお方。一度、詳細をお話しになられてもよいのではないかと」

眞白の向かいに座る灯青の後方に膝をつき、商羊が言った。

たしかに、私だけがさっぱり事情を理解していない。あの後、急に百鬼夜行が終わり、気づけば店内に立っていた。異変に気づいたのか外にいたはずの灯青が入ってきて「おっとこれはどういうことかなー？」とかなんとか言いながら、ここまで三人しょっぴかれてきた。

そして座った直後、笑いながら灯青が言った。

「眞白、ペナルティね」

それだけである。

狐につままれたような私と、必死に平静を装おうとしている眞白と、重力の申し子みたいな髷の青年と、灯青の向かいに並んで座っている。

「あ、そっか。そうだね。ごめんね紅緒ちゃん。おじさんすっかり怒り心頭ってやつでさー」

「怒り心頭……？」

それでですか、という言葉は必死に飲み込んだ。むしろ怒ったときこそ怖いタイプかもしれない。屈託のない笑顔のまま人を呪えるような。容易に想像出来て身震いする。

しかしそう言われてみると、私には怒りという感情がなかった。

平たく言って邪魔されたのだ。思い出したかったことを思い出せたかもしれないあの瞬間に。

なのに眞白に対して怒りはない。

「百鬼夜行は、つくも神や古道具たちの宴会で、さらにここゆららでは、人の手助けも出来る、って話をしたよね？」

はい、と頷く。聞いたばかりだし、だからこそ私も参加した。

「ちなみにパターンはふたつあって。ひとつは今日みたいに毎月開催の百鬼夜行に参加するパターン。もうひとつは、客人が初めてこの店を訪れたときに始まるパターン」

「初めて……」

その言葉に思い当たる節はしっかりある。なるほど、だからと納得したのに気づいたのか、灯青がもしかしてと私を見た。

「紅緒ちゃんが初めて来たときも見た？」

「はい。商羊さんと来たときに……あれもそうだったんですね」

私の返事に眞白が固まった。灯青はそれをも確認する。

「てことは紅緒ちゃんはそもそもお客さんだったんだねえ……ちなみに、そのときはなにか見つけた？」

その問いに、あの日のことを思い起こす。今日は植木鋏だったけれど、あの日は……。

「あ、白い椿でした」

私の言葉に、眞白がさらに固まった。灯青が「あーなるほどねえ」などと言いながらにやにや笑っている。

そして私も気づいた。

椿を見つけた瞬間、目の前に現れたのは古椿のもののけである眞白だったと。

眞白を見る。しかし彼はけっして私を見ようとはしない。

まあ、探しものとしても間違いはないのだ。私がほしいのは神隠しの日の記憶。それをこの人は持っているのだから。

「あれ、じゃあどうして今日は違ったんでしょう」

固く口を閉じた貝状態の眞白はほっといて、灯青に訊ねることにした。

「まあ今日は、眞白は紅緒ちゃん側にいたからね。もうひとつ、ゆららには紅緒ちゃんを助けるものがあったということで」

それがあの植木鋏なのだろう。今度はあの髷の青年が固まった。

話を戻すけれども、と灯青が続けた。

「どうしてふたパターンあるかっていうと、探しものが明確な人もいれば、わからない人もいるからなんだよね」

「わからない、っていうのは」

「そもそも自分がなにに困っているのか、足りていないのか、迷っているのかすら捉えられていない人。そういう人もいるでしょう？」

なるほど、と思う。わからなくもない。漠然とした不安を抱えてしまうことだってあるだろう。わかっていても認めたくないこともあるかもしれない。

私はとりあえず、明確だったのだろう。そして答えも、ここにいた。

「そういう人は、話を聞いたり一緒になにかをしたりしてから百鬼夜行に招くわけ。俺らが一肌脱ぐこともあるよ。道具なりにね」

灯青の言葉に、商羊が深々と頷いた。

「でも百鬼夜行に招いても客人——ほぼ人間なんだけど、彼らは自分で探しものを見つけるのがルールなんだ。客人が自分でほしいものを見つけたときだけ、その思い出を掘り起こす手伝いが出来る」

「この間の、黒豆さんのもお仕事って言ってましたが」

「あれは百鬼夜行じゃなかったでしょ。あのガラスペンはつくも神でもなんでもない。あれはまあ……サービスっていうか」

灯青が苦笑した。その奥で商羊が「灯青様らしいです」としずしずと頷く。サービス、というけれどきっとそれも彼にとってはやりたいことだったのだろう、と思えた。まだ知り合って日が浅いのに、彼のスタンスがなんとなくわかる。きっと彼は、人と関わって生きていくことを大切にしている。

ゆとりをもって、ゆったりと。

だから廃れてしまった神社にいても、それを恨むことなくまた神になったのかもしれない。神になることを拒否している眞白とは、真逆に。

ちらと右隣を見る。

眞白は、私の視線に気づかない振りをして、じっとテーブルの上を見つめていた。

「で、俺らには約束事がある。どんな理由があっても、古道具は客人の邪魔をしてはならない、っていう」

灯青の言葉に、あのときの光景が蘇った。私の手の先で消えた古い植木鋏。響いた高く硬い音。

俯いた眞白の、横顔。

「ちなみにルール違反には罰則もあるよ。百鬼夜行の邪魔をすれば店から追放、もし人を傷つければ焼却」

「焼却……燃やすんですか」

「そう。火に浄化出来ないものはないからね。繰り返すけれど俺らはあくまで道具。人を傷つけるのは言語道断」

「でもえっと……たとえばうっかり包丁で指を切っちゃったとか、あるじゃないですか」

「それは人間が使ってる上でのミスでしょ。つくも神っていうのは、人化がまだなら自ら動くことはほぼないけれど、動ける状態なら故意に人を攻撃することが出来るよね？ その場合の罰則だよ」

そういうことか、と納得した。私たちの刑法と近しいものなのだろう。

「ただねえ」と灯青が腕を組んで目を閉じた。

「眞白は、つくも神じゃないんだよね」

「あ……」

そういえばそうだと、隣を見る。今度は目が合った。とはいえ、なにも言ってはくれない。

「正確に言えば店のものでもない。俺の管轄外なわけ。でも店内の、しかも百鬼夜行で起きたことなら、俺だって黙ってるわけにはいかない。たとえ友人であっても」

「灯青様！ 眞白様に罪はねえんで！ あっしに、罰はあっしに科してくだせえ！」

うーん、と灯青が唸った。同時に髷の青年が慌てふためいてまくしたてる。顔を上げたかと思ったのは一瞬で、すぐにまた畳に額をこすりつけてしまった。

その一瞬見えた顔に、ちりっと頬が焼けるような感触があった。

「はいはい、銀次《ぎんじ》はすこし黙っててね」

しかし灯青はそれを軽くいなしてしまう。彼——銀次はあの植木鋏のつくも神だそうだ。さっき見た鋏の刃の部分は、錆びて茶色と化していたけれど、もとはきっと綺麗な銀色だったのだろうなと想像してみる。

しかし、そんな植木鋏を思い浮かべても、懐かしさや引っかかりは生まれてこない。

「追放もねえ……眞白はねえ」

じゃあ、と灯青がぱんと手を打った。

「ペナルティは、嘘はつけない、でーす」

途端、口調も空気も変わる。緩ーく明るく、あっけらかんとした雰囲気が部屋に広がっていく。

「え……？」

「は……？」

さすがに眞白も面食らったのか、私と同時に気の抜けた声が出ていた。灯青の後ろに控えていた商羊ですら、一瞬ぽかんとして慌てて顔を引き締めていた。

「だってほら、事情を知りたいじゃない？　言っておくけどましろんって人間にほんっと興味なくてさ、店やってたときだって関わることすらしなかったんだよ。それがさ、紅緒ちゃんにだけはやけに執着するじゃない」

眞白の顔が青ざめていた。

いや待て、と喉まで出かかった。そのリアクションの眞白にも、ペナルティと言った灯青にも。

あなた普段の自分知ってますかと問いつめたい。どれだけ普段から嘘が下手だと？　え、青くなる必要ある？

灯青は灯青で、もしかして身内に超甘いタイプのダメな経営者ですかと問いつめたい。まだペナルティが「本音しか言えない」ならわかる。でも「嘘はつけない」だと黙ることも可能だ。

なにこれ。茶番？

「……灯青様、それはあっしもですか」

「え、銀次は今回なにもしてないでしょ。まあ質問はするかもだけど、銀次はそもそも隠しごと苦手だし」

その一言に、銀次のことはわかっているのに眞白のことはご存じない、とつっこみたくなった。すみません、この私の隣にいる方も十分隠しごとは苦手だと思いますよ、と言いたくなってため息が出る。

がっくりうなだれる銀次と、青ざめる眞白を横に、私はなんとも複雑な心情でお茶を飲んだ。お茶の美味しさが、よけいに染みわたる。

「灯青さんは、そんなことも出来るんですか」

気は確かですか、と言いたいのをぐっと堪えてそう言ってみる。

「出来ちゃうんだねぇ、だって俺、神だし」

なんというパワーワード。

神だし。なににも勝るそのひとこと。しかしそれならその神の力で解決すればいいだろうにそういうわけにもいかないいんだろうか。

「あと俺、鏡だし」

「鏡だとなにか？」

「鏡って姿を映すでしょ。ほら、真実を映す鏡的なのありそうじゃん？　だからまあ、そういう力はあるんだよ」

なんともざっくりした説明だが、いちいちつっこんでいたら、話がいつまでも終わらないとスルーしておくことにした。

「てなわけで改めまして、質問ターイム」

灯青の顔はあきらかにわくわくしていた。まずは銀次ね、と向きをすこし変える。

銀次がおずおずと顔を上げた。綺麗に月代を剃った、細面のイケメンだった。一重なのか目元が鋭く顎が細い。時代劇に出ていたら人気が出そうだ。

その目がちらりと私を見た。どこかで見たことがある、ような気がした。

「紅緒ちゃんのこと、知ってる？」

灯青がなにを聞くのか興味はあった。もしかしたら神隠しのこともわかるかもしれない。全てではなくとも、それをきっかけに思い出せるかもしれない。

気持ち、身体を彼のほうに向ける。

銀次は眞白を確認するように見た。眞白はなにも言わない。ただ静かに、頷いた気がした。

「……へえ、知ってやす」

「それはなんで？」

また銀次が眞白を見る。眞白はやはりなにも言わない。ただゆっくりと目を伏せた。

「……お嬢さんが、昔、神隠しに遭ったときに」

お腹の底がぎゅっとする。神隠し、という単語に思わず手を小さく上げてしまった。気づいた灯青が、どうぞと促してくれる。

「あの、その神隠しっていうのは、なにかの……隠語というか喩《たと》えなんでしょうか？」

ずっと『神隠し』だと自分でも言ってきた。それは祖父母にそう言われていたからだ。

それに、一番わかりやすい言葉だった。

銀次は私からすぐに目を逸らした。膝の上の拳が小さく震えている。

銀次、と灯青が声をかけた。答えなさいと。

「……あっしは、詳しい事情は知りません。ただ二月の百鬼夜行のあの日、幼いお嬢さんが迷い込んできて」

「てことは、神隠しっぽいねえ」

神隠し——小学生のとき、調べたことがある。

ある日突然、山や森で人が消えたようにいなくなる。神や天狗に連れていかれたという考え。実際は迷子や誘拐、口減らしなどだろうということだった。

それを知ったとき、私もあくまで祖父の喩えであって、実はなにか事情があったのだろうと考えた。だからこそ、祖父母にも追及しなかった。

しかし灯青がそう言い、二月の百鬼夜行というからには、本当の神隠しだったということだ。私はあの日、なにかに誘われたのか、彼らの世界に迷い込んだ。

「で、銀次は紅緒ちゃんとどんな関係？」

灯青の質問に、銀次がはっと顔を上げた。続けて私を見る。初めてしっかりと目が合った。その表情は惑いを見せているのに、瞳は強く強く、鋭かった。

「あっしは……あっしは」

銀次の拳の血管が、浮き上がっていた。

眞白はやはりなにも言わなかった。

「あっしは、お嬢さんに救われたんです」

予想外の答えだった。

私が救った？

さっぱり身に覚えがない。しかし銀次はそう言うとまたしても額を畳にめり込ませてしまう。

「お嬢さんは、あっしの恩人も恩人、大恩人です。忘れたことだって一度たりともねえ。お嬢さんのためなら、あっしはなんだってしやす」

あまりの勢いに、口を挟むことが出来ない。

「切れなくなっても生きているのは、いつか、いつかお嬢さんに恩を返せる日が来るかもしれねえと、そう思って……」

ただ、と銀次が声を静めた。

「あっしは同時に、眞白様にも恩義がありやす。これもまた背くわけにはいかねえ。たとえ灯青様の命令でも聞けやせん。あっしの命は、お嬢さんと眞白様のものです」

どう反応すればいいか、わからなかった。そこまで言わせてしまうようなことを、私はしたのだろうか。そして忘れているのだろうか。

眞白が「顔を上げてください」と声をかけるも、反応はない。

切れなくなっても生きている。その言葉がひたひたと私に迫ってくる。使えなくなった道具を私はどうしていただろう。

新しいものを買って、古いものは処分して。使えなくなったら、終わりにしていた。それで、よかったんだろうか。

大切にはしていた、つもりだ。お気に入りのものだってある。

じゃあそれ以外は？　小学生のときに使っていたハサミや定規、お箸セットなんかは。

「紅緒」

眞白が私の名を呼ぶ。

「私が言うことではありませんが、道具はいずれ壊れ役目を終えるもの。あなたがそれを悔やむ必要はありません。銀次も……なるべくしてそうなったのです」

その瞳も声も落ち着いた優しいものだった。

「あー、あれか。あのときの百鬼夜行か」

ずしっとしてしまった私の気持ちを切り替えるかのように、灯青の朗らかな声が響いた。

「はいはいはい、銀次のあの日ね。なるほどねー」

「灯青さんも、知ってるんですか」

そう聞いてみると、うーんと彼は曖昧に首を傾げた。

「半分ぐらいなら。だって銀次を切れなくしたの、俺だし」

「えっ」

「つまりあのときの女の子が紅緒ちゃんだったのかー。あー、そういうこと」

まさかの意外な繋がりに驚きと期待が入り混じる。つくも神のエリアマネージャー的な存在なら、たしかに知っていてもおかしくない。

「あ、でも俺は眞白と紅緒ちゃんの関係のことは知らないよ。知ってるのは、銀次がルール違反をしたことと、それに対して眞白が擁護したことだけ」

しかしその期待は呆気なく消え去っていった。

「ルール違反、というのは」

私の質問に、めずらしく灯青が鋭い瞳を向けてきた。それからゆっくり眞白と銀次を順番に見ていく。

しばし、沈黙が部屋に充満した。先ほどまであった緩さが消え、居心地が悪くなっていく。

「眞白はさ、どうしてそんなに嫌なの？」

その間に灯青がなにを考えていたのかはわからない。ただ静かに頷くような仕草を見せ、そう眞白に質問した。

「どうして、といいますのは」

「紅緒ちゃんの神隠しの記憶が戻るの。銀次のルール違反だって、そこまでのこととは思えないんだけど」

私は眞白を見た。彼は横目でもこちらを見てくれず、灯青を見返すわけでもなく、そのさらに向こうを見るような瞳をしている。

眞白は黙ったままだった。当然だろう、今の眞白は嘘がつけないのだから。

その横の銀次も押し黙っている。

灯青がわかりやすいため息をついた。

「なにも言わないなら、俺が知ってることは紅緒ちゃんに話すけど。それがきっかけでなにか思い出せるかも」

「やめてください」

灯青の言葉に眞白の厳しい物言いが被さった。聞いたことのないぐらい、刺々しい声。

しかし灯青は動じなかった。むしろ予想していたかのような余裕すら見える。

「それなら、質問に答えてくれないと。俺だって鬼や悪魔じゃないんだから、話してくれればすこしは考えるよ」

今度は眞白が私を見た。あの深い水の底のような、静かに揺らめく瞳で。それからすうと息を吐き、灯青に向き直る。

「わかりました」

それは諦めではなく、眞白の、彼自身の意思だと、思いたい。

「じゃあさっきの質問。どうしてそこまで記憶が戻るのが嫌なの？」

昨夜、私も聞いたことだ。そのときの答えは。

「守りたいから、です」

一緒だった。

「なにから？」

「紅緒を傷つける恐れがある全てのものからです」

「おっと、大きく出たねえ。でも嘘はつけないんだからほんとにそう思ってるってことか」

どうしてそこまで、と思う。

銀次もそうだ。神隠しのとき、私は一体なにをして、なにを言ったのだろうか。たかだか四歳の子どもに、なにが出来たのだろう。

そしてそれは、ふたりから隠されるほど、知らないほうがいいことなのだろうか。

「じゃあ結婚したら？　そしたらほら、守りやすいっていうかいつも一緒にいられるよ？　でも眞白は紅緒ちゃんと結婚したくないんだよね？　なんで？」

あ、紅緒ちゃんの意志だってもちろん大切だから、そこは無視しないけど。と灯青がわざわざ私に言ってくれたので、わかってますと頷いておく。

眞白がまた私を見た。慈しむような、悲しむような、曖昧で不思議な表情だった。しかしそれもほんの数秒。彼は目を伏せてから灯青に向き直る。

「出来ません」

はっきりとした、声だった。

えー、と灯青が口を尖らせた。そのうえ若干白けた目で眞白を見ている。

「眞白は紅緒ちゃん嫌いなんだ。嫌いなのに守るっておかしくない？」

「嫌いなわけないでしょう！　紅緒に再会出来てどれだけ嬉しかった……か……」

予想外なほどに大声の反論に思わずのけぞってしまった。びっくりして隣を見ると、その顔面が赤い。開いた口もそのままにこちらにそろそろと顔を向ける。

思わず口走ってしまいました、というその顔。

あまりにも素直な反応に、思わず笑ってしまった。

馬鹿にしたわけじゃない。ただほっとしたのだ。初めてゆららに来たときのことは、本当に本心だったのだと。抱き上げられたのはともかく、あの笑顔や喜びようは、嘘ではないと。再会出来たことは、悪くなかったのだと。

そんな私を見て、眞白は余計に慌てふためく。

「ふーん。嫌いじゃないなら好き？」

その眞白の様子を見て、灯青は完全に歓楽を尽くしていた。愉しそうに追い打ちをかけるも、さすがに眞白も沈黙を選び、ぐっと口を結んでしまう。

「答えないってことはそれが答えだよねえ」

くっくっく、と灯青が笑う。彼のほうが何枚も上手《うわて》だ。

眞白がはっとした顔で私を見る。いやそこで私を見たらそれが答えみたいなものだ。

まごまごしている眞白にさらに灯青が笑う。銀次はなぜかこっちを見ないし、商羊はにこにこと穏やかな微笑みで見守っている。

「あ、ごめんごめん。愛の告白はふたりっきりのときがいいよね。おじさんつい先走っちゃった」

「やめてください。そういうのはまだ」

「まだ？」

「ま……だ……？」

「いやだからそこで私を見られても」

ふたりの長いやりとりに、ついに私も口を挟んでしまった。

「やだなあ紅緒ちゃん。そこはこう、ぽっと頬を染めて」

「すみません乙女じゃなくて」

「やだなあすこしぐらいつきあってくれてもいいのに。でもそういう態度こそ……ねえ」

意味深な物言いをして、灯青は私を見てにんまり笑った。

自然な振りを装って、顔を逸らす。今、鏡を見るのは怖い。代わりに商羊と目が合って、しかとした瞳で頷かれた。私は応援しますよと言わんばかりに。

「ま、それは置いといて」と灯青が仕切り直す。

「なんで、守りたいし嫌いでもない、むしろ好意を抱いているのに、結婚だけは絶対に嫌なの？」

改めて、眞白に質問が向けられる。

ただその顔は、答えを予測出来ていそうに見えた。灯青は知っているのだろうか。眞白が頑なに拒む理由を。

「……残されるのは、もうたくさんです」

消えてしまいそうな、絞り出した声。

眞白を見る。俯いてこそいなかったが、目は伏せていた。

残されるのは、もうたくさんです。

その一言に、ぎゅうっと胸が締めつけられる。

つまり、眞白は残された過去があるのだ。誰になのか、何度なのかはわからない。けれど「もうたくさんだ」と思うほどには、辛い体験だったのだろう。

「私が、人間だから」

つと言葉が口を出る。

眞白は二百年以上生きてきた。

でも私は、あと六十年、七十年ぐらいだろう。どう考えたって私のほうが先に死ぬ。

私のこぼした言葉に、眞白は困惑した目を向けてきた。なにか言おうとしたのか、うっすらと唇が開いたものの、声は出てこない。

「人間が嫌い？」

ゆっくりと間を取ってから、灯青が聞いた。眞白はまだ私を見ている。瞳も変わらぬまま。なにかを言いあぐねている。

「……嫌いではありません。もし花に戻れるならまた戻りたい、咲かせて人を喜ばせることが出来るなら、それが私の本望です。しかし」

そうなのか、と胸が詰まった。

戻れるなら戻りたいと。もののけではなく、椿でありたいと。

眞白の白い指先が、小さく震えていた。

「いずれ、先にいなくなる日が来るかと思うと、耐えられないのです」

その消え入りそうな声に、私はどうしたらいいのか、わからなくなってしまった。

それから灯青による質問タイムが終わると、眞白はすぐさま私に「忘れてください」と言った。

そう言われても忘れられるわけもない。かといってうまくフォローすることも出来ず、濁した返事しか出来なかった。

夕食の間も、眞白はずっと無言だった。代わりに亥之助がよく喋った。あの後の百鬼夜行で聞いた古道具の思い出話や、新しく入った絵皿を紹介したときのことを、楽しそうに話してくれる。

その後も灯青が自分の旅話などをしてくれたおかげで、気持ちが暗くならずに済んだ。

ひとつだけわかったことがある。

私が古道具の声を聞くことが出来る理由。

あくまで灯青の予想だけど、幼い頃に神隠しに遭ってつくも神たちと接したからじゃないか、ということだった。神隠しから戻った子どもが不思議な力を得ることは過去にもあったそうだ。予言めいたことを言うとか幽霊を見るようになるとか。

ただその原因は解明されていないため、能力をなくす方法もわからない、と灯青は申し訳なさそうに言った。灯青のせいでもなんでもないのに。

この力をなくしたいかどうかはわからない。この力がなかったら、ゆららには来ていなかったし、眞白とも再会していなかった。

そう思えば、悪い気は、もうしなかった。

そんな話をしつつ、デザートにと百鬼夜行という名の宴会にも出されたらしい水無月をみんなで食べた。つくも神やもののけも夏越の祓に行くという話を聞きながら。おだやかに。

が、さすがにふたりっきりとなってしまうとそうもいかない。

灯青の言うペナルティは終わることはないのだろうか。部屋の空気が重すぎて、布団に入ったものの寝るに寝られなかった。

夜の底に陥ってしまったような部屋のなか、枕元のお守りに触れる。祖母が縫ってくれた縮緬の袋のなかに、櫛の硬い触感があり、心が落ち着いていく。

あれからずっと、私の心のなかにふつふつと、いろんな感情や考えが思い浮かんでは漂っていた。

どうしても、取り戻したかった神隠しの記憶。眞白に守りたいからと言われても、その理由がわからない。

——忘れたってていい。消えたわけじゃない。ただ思い出さなくなっただけ。

ずっとそう思ってきたとはいえ、取り戻したいと強く思った。どこかにあった喪失感がこれで埋まるのではないかと期待した。私の記憶なのだから、私にその権利があるのだと思っていた。

けれど、それが本当に正しいのか、わからなくなっている。

私の記憶は、私だけのものではなかった。

銀次は鋏なのに切れなくなり。

眞白は私のなにかを知って隠している。

私は、本当のことを知りたかった。

でもそれが正解なのか。恩人だと言ってくれる銀次がいて。あらゆるものから守ると言ってくれる眞白がいて。それだけで十分なのではないだろうか。

「眠れませんか」

衝立の向こうから、穏やかな声が聞こえた。

「あ、ごめん。うるさかった？」

考えごとをしながら、幾度か寝返りを打った気がする。眞白のほうに向き直って応じた。

「いえ、私も同じですから」

「眠れない？」

「ええ」

そうだよね、と私は頷いた。彼は彼なりに、思うところも考えることもたくさんあるだろう。

今、聞けば答えてくれるかもしれない。それどころか、なんだって——。

そこまで考えて、首を振った。無理やり聞き出すのは違う。

「……顔を見ても、いいですか」

「ふぁいっ？」

予想外な申し出に変な声が出てしまった。衝立の向こうで眞白が声を押し殺しながら笑っているのがわかる。普通に恥ずかしい。

でもそのおかげか、すこしだけ部屋から重たさが消えた気がした。

そっと衝立を足下のほうへと下げる。が、意外と重たくて、うまく動かなかった。それを察したのか、眞白の指が私の手の上部に見えた。

すっと、衝立が動く。ほんの二十センチぐらい。

眞白も布団に入っていた。一メートルほど離れているとはいえ、この状況でその姿を見たことはなかったせいか、緊張で身体に力が入ってしまう。

仰向けで顔だけこちらに向けていた眞白は、ゆっくりと微笑んだ。窓から差し込む月明かりが、その白い髪を照らしている。

綺麗だった。かつて椿だったというもののけは、ちっとも恐ろしくない。

なにも、言葉はなかった。互いに目を逸らさず、ただ相手を見つめているだけ。

不思議と気恥ずかしさや照れはなかった。その柔らかな表情を見ると、自然と気持ちが凪いでいく。

そっと、眞白の右手がこちらに伸びる。細い指先が、畳のほんのすこし上を、探すように揺らめいている。

考える間はなかった。自然と、私も手を伸ばした。互いに手を伸ばせば、すぐに辿りつける。

私の指先に、眞白の指が触れた。

それはほんの一瞬、刹那。眞白の指先の熱すら、感じる間もなかった。たまゆらのごとく触れあった瞬間、互いに手を離してしまった。

なにも、言葉はなかった。彼の目は優しく、同時に怯えたようにも見える。私はどんな目をしているのかわからない。どう、想えばいいのかがわからない。

中途半端に出されたままのふたりの手を、月明かりが照らす。彼の白い指先が、戸惑い、困惑し、行き場を失っている。

私も、同じだ。

ただひとつ、その顔を見てわかったことがある。

私は私の追い求めるものよりも。

眞白にとって一番いい結果がほしいのだ、と。

古茶花のそらごと

朝から蒸し暑い日だった。明け方降った雨のせいだろうか。蟬の鳴き声と扇風機の回る音を耳に、私は天井を見つめていた。

「夏風邪でしょうか。なにか必要なものがあったら、遠慮なく言ってくださいね」

麦茶と小さく切った西瓜を持ってきてくれた亥之助が、私の顔を心配そうにのぞき込んだ。

「ありがとう。そんなしんどくないし、大丈夫」

「三十八度もあるんですよ。しんどいです」

「つくも神も熱が出ることあるんだ」

「いいえ、出ないです。ただ人間と一緒に過ごしてきたんですから、だいたいのことは知ってます」

亥之助が甘くみないでくださいね、と言わんばかりに口を尖らせる。

「なるほど失礼しました」と笑うと亥之助も笑ってくれた。

「色々ありましたし、疲れたのでしょう。無理せず甘えていいのですよ」

反対側の一メートル先で本を片手に眞白が言う。私が寝込めば、彼もまた動くことは出来ない。しかし申し訳ない気持ちで謝れば「普段からさほど出歩く質《たち》でもありませんから」と言われてしまった。実際、この部屋で朝食を食べた後はずっと眼鏡をして本を読んでいる。細い銀のフレームのそれは、眞白によく似合っていた。

「十分よくしてもらっているので。またなにかあれば言うよ」

今朝のことを思い出して笑いそうになって、口元まで布団を引き上げた。今でこそゆったりと構えて本を読んでいる眞白だけれど、私が体調不良を訴えたときの慌てっぷりは酷かった。大丈夫だといくら言っても聞かず、結局自分で亥之助を呼び、あれこれと手配を整えてもらった。

ただ、熱を確かめようとしたのか、その手のひらがごく自然に私の額に触れて。ひんやりとしたその感触に心地よさを感じたのは秘密だ。昨夜は、遠慮がちだったあの手。

「だいぶ顔色はよくなったようですが、油断は禁物ですから」

そう言って眞白が本を閉じた。栞を挟むのを忘れたのか、膝に落ちている。離れられないためにこちらへ寄せられた文机の上には、氷のすっかり溶けた麦茶がグラスを濡らしていた。

「そういえばずっと気になってたんですけど」

亥之助がおずおずと切り出した。

なにが、と彼の顔を見ると、その視線が私の枕元に落ちている。

「それ、なんですか？」

「ああ、これ？　お守り」

手にして見せる。

「そうなんですね。手作りっぽい袋だったのでなにかなと」

「祖母の手作り。裁縫が得意で」

「わー、お裁縫が得意なんですか」

亥之助の瞳がきらきらと輝いた。裁縫箱のつくも神は、裁縫も好きなのだろうか。それとも裁縫が好きな人がいると嬉しいのだろうか。なんにせよ、その顔がかわいらしい。

「見てもいいですか？」と聞かれたのでどうぞと渡す。亥之助は袋を開けることはなく、しみじみと縫い目を眺め、生地の感触を確かめた。

「手縫いですね。上手だなあ。なかにお守りのアイテムを入れてるんですね」

ほくほくとしたえびす顔の亥之助が、ゆっくりとした所作で私にそのお守り袋を返してくれた。

「そう。櫛が入ってる」

「櫛、ですか」

私はそのなかの櫛の感触を確かめながら握った。同時に、かたり、と音がした。どうやら眞白が膝を文机にぶつけたようだった。

「小さい頃……たぶん神隠しの後に、祖父がくれたのね。神様からのお下がりだって」

あのときの祖父を思い出す。裏庭の見える小さな座敷で遊んでいた私の手のひらに乗せてくれた。半月型のつげ櫛は、赤い椿の絵が描いてあってかわいらしかった。

どうしてかそれを、私はとても気に入ったのだ。あのときの嬉しかった気持ち、大切なものだと理解していた感覚は、今でもはっきり覚えている。

ただし、櫛はとても古く——正直に言えばもうボロボロで、髪を梳ける状態にはなかった。だから祖母が袋を縫ってくれた。以来ずっと、袋のなかに入れて文字通り肌身離さず持っている。

「へえ。どこの神様かは知りませんが、なにかあったんでしょうかねえ」

なにかと言われれば、神隠しだろう。でもそれなら何故祖父から手渡されたのだろうか。

「……そういやなにか謂れが」

「亥之助、あまり紅緒を疲れさせてはいけませんよ」

あるのかな、と言おうとしたのを眞白に遮られた。

彼のほうを向けば、いつの間にか眼鏡を外し作ったような笑みを浮かべている。

「あ、そうですよね。失礼しました！　紅緒さん、ゆっくり寝てくださいね」

眞白に注意されたとなれば、亥之助は素直に従う。ぺこりと頭を下げてから、そそくさと部屋を出ていってしまった。

「べつにあれぐらい」

どうせ会話が神隠しに関係しそうだったからあえて中断させたのだろう。私がじとっとした目で見やると、眞白は目を逸らす。

でも、文句を言いたくなるような気持ちは、それほど湧き起こってこなかった。

「今はとにかく、体調を整えることが大事ですよ」

眞白はそう言って、再びこちらを見た。そこには後ろめたさや仄暗いゆらぎなどなく、泰然とした大海のような穏やかさだけがある。

「なにかあれば遠慮せずに言ってください。ずっと側におりますから」

「……離れられないからね」

柔らかい言葉に、思わずそんな返しをしてしまった。胸のずっと奥のほうがくすぐったくて仕方がない。

「勝手にどこか行ったり出来ませんから、安心でしょう」

目を細めた眞白の顔が、綺麗だった。

ちょっとだけ、いたずらっ子のように笑う。整った顔なのに、どこかアンバランスになる。

その顔が、表情が、空気が。

息を吸った。布団を引き上げ、顔を半分隠す。寝ているのに身体がふわふわとして、変な感じだ。

「おやすみなさい」

そう言った眞白の声が、とても、懐かしかった。


掘っていた。小さな穴を。両手で。

「ついにお別れね」

袂が汚れることも気にせず、少女は土を掘る。

そこには、白い花の枯れかけたあの木があった。

「寂しくない、って言ったらそりゃ嘘になるけど。初めてここに来たときから、ずっと一緒だし。いろんな話聞いてもらったし」

その根元に出来た小さな穴に、少女は櫛を埋めた。

「でもきっと、また会えるから」

また会えますようにと願い、彼女は大切な櫛を埋めた。

赤い、椿の絵が描いてある、半月型のつげ櫛を。

「行ってくるね、眞白」

少女は白い椿の木を、そう呼んだ。

眞白、と。

『身体に気をつけるのですよ』

木が応える。

そう、木が応える。よく知ったあの声で。

少女は笑った。頬に小さな痣のある顔で。美しく、朗らかに。

わかってる、と言いたげに。

彼女に、その声は聞こえていた。

目が覚める。熱が下がったのか、気分は落ち着いていた。

代わりに、懐かしさのような遣る瀬なさのような気持ちが、胸を十二分に占めていた。

「眞白」

その姿を、隣に見つけて名を呼ぶ。

「どうかしましたか」

彼は眼鏡をかけた姿で、さっとこちらを向いた。

眞白。

古椿のもののけ。

この数日で何度か見るようになったあの夢。

初めてゆらに来たとき見つけたのは、白椿。

それは、眞白だった。

「紅緒？」

名前を呼んで黙ってしまった私を心配そうに、その顔がのぞき込む。眼鏡のレンズの奥の瞳は、とても綺麗で、澄んでいて。

「眞白って名前、誰がつけたの？」

どう切り出すか迷って、ようやく出た言葉に眞白は目をぱちぱちとさせた。

「いや、ほら……ちょっと気になって。商羊は雨を降らす神獣だっけ、最初の持ち主がつけたんでしょう？　それなら眞白は、って思ったから」

適当な言いわけをしてみたものの、唐突には違いない。

ゆっくり身体を起こすと、首を傾げつつも眞白もこちらに向き直ってくれた。

「名前の由来、ですか」

「あ、ごめん、べつに言いたくなければ」

「いえ、そういうわけではないのですが……そうですね……」

眞白はすこし考えるような素振りをみせた。

ふと、今さら気づいて、私は自分の髪を指で梳いた。寝癖はついていないだろうか。寝起きの姿は何度か見られているから今さらとはいえ、顔も汚れていないかとか変な跡がついていないかとか気になってきてしまう。

「まだ木だったころ……といっても、所謂霊性は持っていたときの話になります」

先に顔を洗いにいけばよかったかも、と俯き加減に思ったところで、眞白がゆったりと話し始めた。

「私はここよりさらに北東の、山奥の屋敷にある庭木でした。そのとき、屋敷に少女が住んでおりまして。その少女が、私のことをそう呼んでいたのですよ」

少女、と聞いて顔を上げる。眞白を見る。

その顔は思い出を偲ぶというよりも、寂しさを引きずり出す、といったほうが似合うものだった。

胸にさっと痛みが刺す。

「花が、白いから?」

「ええ、きっとそうなのでしょうね」

それでも眞白は、そう言って微かに笑みを浮かべた。

「灯青に名を訊ねられたとき、他に答えるものもありませんでしたから。商羊と違って、洒落たものではないですね」

「いや、名前つけてたくさん話しかけて、大切に想ってたんだったらそんなこと」

そこにひねった意味なんてなくても、と言おうとしたところで言葉に詰まった。眞白の眉間に力が入っていた。私を見る目が、どことなく厳しい。

「えっと……眞白?」

「……して」

「え?」

「どうして、話しかけていたと知っているのですか」

声に含まれているのは、訝しさよりも不安に思えた。

言葉に詰まる。眞白に見える感情は、どれもポジティブには思えない。

手のなかのお守りを見つめる。神様からのお下がりだと祖父がくれた櫛。私はそれを、出自や経緯などを気にせず、ずっと大切にしてきた。

神様。

眞白を見る。美しく、白い髪の、もののけ。

「その子、ほっぺたに痣がある？」

その顔が、身体が、固まった。

どうして、あんな夢を見るのかわからない。白椿の眞白と、名づけ親の少女の夢を。

「櫛、埋めたよね、その子」

お守り袋の口紐を解く。そっと、櫛を取り出した。

「もしかして、これじゃない？」

赤い椿の描かれた、半月型のつげ櫛。もう髪を梳くことは出来ないだろう、その姿を手のひらに乗せ見せる。

眞白は櫛を確認しなかった。ただゆっくりと息を吐き、目を瞑った。

「眞白が、私のおじいちゃんに渡した？」

答えない。それがどういうことかはわかっている。

同時に迷いが生まれる。答えたくないことを、言わせる必要があるのだろうか。私の知りたいこと、知りたい気持ちを優先して、彼の気持ちをないがしろにしていいのだろうか。

私がほしいのは。

私がほしいのは、真実よりも眞白にとって一番いい結果だと、昨夜思ったばかりではないか。

手のひらの櫛を見つめる。歯が数本折れ、すっかり古びてしまったそれ。もし、これが本当にあの少女のものなら、眞白と似たような年月を経てきただろう。

つと風が吹いた気がした。

『すこし、話をしてもよろしいでしょうか』

同時に、声が聞こえた。

手のひらから。その上の、櫛から。

女性のものだった。低めの、落ち着いた優しい声。

大切にされた道具は、年月を経てつくも神へと変化する。そして私は、その声を聞くことが出来る。

ああ、と私は思い出す。

聞いたことがある、この声を。あの日、祖父から大切にしなさいと渡されたときに。

『……の代わりに、お守りしましょう』

そう、この櫛は言ったのだ。初めてだった、道具から声が聞こえたのは。びっくりして、でもあのときはなんだかとても嬉しかった。だって櫛の声はとても優しくて、温かくて。

そう……最初は嬉しかった。思い出す。家の古簞笥だって、喋ると気づいたときは家族が増えたみたいで楽しかった。なのにいつからか、話をするのは——声を聞くのはやめてしまったのだ。古いものは苦手だ、という意識と共に。

胸が詰まる。ぎゅうっと苦しくて、今まで忘れていたことが申し訳なくて、息が止まる。

「紅緒、どうしましたか」

『いいのですよ。話は出来ずとも、ずっと側にいさせてくれたではありませんか』

その声は同時だった。顔を上げれば心配してくれる眞白がいる。手のなかにはずっといてくれた櫛がある。

「……喋った」

「え？」

「この櫛にも、声があるの」

その目が見開かれた。

眞白は古椿のもののけで道具であるつくも神ではないため、古道具の声は聞こえない。だから知らなかったのかもしれない。

『ずっと、眞白様ともお話ししたく思っておりました。紅緒、お願いがあるのです』

私は頷く。

『私の言葉を、眞白様に伝えてくれますか』

未だ困惑している眞白を見て、私は「もちろん」と再び頷いた。私にはそれが出来る。

櫛は、穏やかにありがとうと言ってから、続けた。

『私の最初の持ち主は里与《りよ》と言います。眞白様に名をつけた方です』

里与。そう口のなかで呟く。夢のなかで朗らかに笑っていた少女。

『彼女は、眞白様のことをとても大切に想っておりました。といっても、恋愛感情のようなものではありません。どちらかというと、宝物や家族、といった感じでしょうか』

「家族……」

『ええ。よく言っておりました。眞白ってお兄さまかな、お母さまかな、と』

お母さま、という発言にちょっと笑ってしまった。櫛も同じように笑ってくれる。しかし話の聞こえていない眞白は困惑したままだ。

『声が、とても優しかったのだそうです。私にはもちろん聞こえませんでしたが。男性のようで女性のようで、とにかくとても落ち着くのだと』

ああ、と頷く。眞白は今なら見た目で一応男性に属すらしいとわかる。でも声や話し方だけでは、判断は難しかったかもしれない。

「やっぱり、聞こえてたんだ」

私の返事に、眞白が目を白黒させた。私のことを見、櫛を見、どういうことかと無言で訊ねる。

「里与さん、眞白の声、聞こえてたよ」

「声、が……?」

「そう。聞こえない振り、してたんだと思う」

『ええ。彼女は幼少期より、植物の声が聞こえていたようですが、それを家族には気味悪がられました。そのため、聞こえていても知らぬ振りを続けていたようです』

ただ、と櫛が続ける。

『眞白様とちゃんと話をしてみたらよかった、と後悔しておりました。眞白は私の愚痴もくだらない話も全部聞いてくれる、いつだって優しく頷いて受け止めてくれる。怖がらず、勇気を出せばよかった。それが、私が聞いた彼女の最後の言葉です』

私はそれを、一言一句違えぬように眞白に伝えた。それこそが私の役目だと思った。

眞白がそれをどう受け止めたのかはわからない。けれどその唇に見えた僅かな変化が、先ほどまでとは違うのは、なんとなくわかった。

「……眞白も、里与さんのこと、大切だった？」

なぜそう聞いたかはわからない。素直に出た言葉だった。

眞白は顔を上げ、私を見て微笑んだ。

「里与と同じく家族……そうですね、成長を楽しみに見守るような存在でした」

眞白が櫛に視線を落とした。

「声が聞こえていたのなら」

その瞳が、遥か昔を見ている。

「もっとしっかり話を聞いたり、笑い合ったりすればよかったですね」

柔らかに笑ったその顔は、今までになく美しいものだった。

そう、寥々として、美しい。その分、そこにあるうら寂しさ、儚さをどうしてか一番に感じてしまう。陰のある美しさはまるで終わりを知っているようで、温度も湿度も低かった。

「再会、出来たの？　里与さんとは」

「いえ……嫁ぐために屋敷を出ていってからは、一度も」

そっか、と頷くと同時になんだか胸がしゅんとした。もしかして眞白は、彼女との記憶を、思い出を、ずっと悲しいものとしてしまってきてはいないだろうか。

眞白の顔を見る。懐かしむそれじゃない、悲しいほどに美しい、彼を。

夢で見た彼女の笑顔。あの顔は、絶対また会えるといった確信に満ちたものだっただろうか。それとも、もう二度と戻ってこられないからこそのものだったろうか。

昨日の眞白を思い出す。「残されるのは、もうたくさんです」と絞り出したような声を。

私と再会して嬉しかったと言った声を。

きっとまた会える。それは嘘や気休めではなく、彼女の願いでもあったのかもしれない。

でも、その願いは、叶わなかった。再会、出来なかった。

眞白が「紅緒は」と続けた。

「なんでも知っているのですね。櫛に聞いたのですか？」

柔らかく聞こえる声。しかしそれは、うっすらと水を張ったようにも思える。

「ああ、いや……夢を見て」

「夢、ですか」

「最初はなんの夢かわからなかったけど。繰り返し同じ女の子が出てくるから……もしかして、この櫛の力だったのかな」

そう思って櫛を見る。柔らかに笑っている気がした。

『まさか、眞白様に再会出来ると思わず……懐かしく、なりまして』

「もしかして、あなたの夢？」

櫛はなにも言わなかった。その代わり照れたような微かな笑い声が聞こえる。

道具も夢を見るなんて、考えたことがなかった。彼らも、思い出を懐かしむことがあるのだ。私が共有出来たのは、道具の声を聞くことが出来るからかもしれない。

その話を眞白にも伝えると、彼は「そうでしたか」と静かに呟き、息を吸った。

「そこに私も？」

「え、ああ、木だったけどね。花が咲いてたり、散ってたり……とても綺麗な木だった」

大木ではなかった。それでも庭木としては十分で、枝振りもかっこよかった。うちの侘助椿は楚々とした佇まいだけれど、眞白は絢爛といったほうが似合っている。

私の言葉に、眞白がはにかんだ。その顔を見て、そうかあれが本来の眞白の姿なのだと気づく。

あれが櫛の記憶なら、里与の目に眞白はどんな風に映っていたのだろうか。決して狭い庭ではなかった。他にも草木や庭木があるなかから眞白を気に入った理由はなんだったろう。植物の声が聞こえるって、どんな感じだったのだろうか。まだ椿だった頃の眞白は、どんな感じだったのだろう。

彼女とは話せない。その記憶を、思い出を持つのは、この櫛と眞白だ。

「この櫛、返すね」

どういった経緯で私のところに来たのかはわからない。けれど、眞白にとっては思い出の品だろう。私より、眞白に今は必要な気がする。

「いえ、それは」

「私は、もう、大丈夫」

拒否する姿勢を遮る。

「ありがとう。この櫛のおかげで、どんなときも頑張ってこられた」

嘘ではない。学校でしんどいことがあったときも、祖父と喧嘩してしまったときも、いろんなことを投げ出したくなったときも、大丈夫だと思えた。このお守りのおかげで、乗り越えてきた。

いつから櫛と話をしなくなったのかは覚えていない。小学校を卒業するときには、もうずっとお守り袋のなかだったと思う。

でも、ずっと側にあった。

もう髪を梳くことはない櫛は、道具としては役目を終えたのだろう。それでも、私の元で大切なお守りとして存在してくれた。

櫛を乗せた手を、眞白のほうへと差し出した。

「ならばこれからも、紅緒が大切にしてください」

頑なな、きっぱりとした声だった。

でも、私だって。

「眞白はさ、里与さんのこと、誰かに話したことある？」

あの美しく寂しい表情がよぎる。

「……それが、なにか」

「思い出を、楽しかった記憶を、悲しさとか淋しさで蓋をしてしまうのは、もったいないと思う」

もし消し去りたい記憶なら、きっとこの櫛を大事にはしていなかったはず。ぼろぼろだけれど、私の元に来るまでこの櫛は形を保って大切にされてきたのだ。

「悲しんでいいし、淋しくなっていい。私もそうだったけど、そうやって自分の感情を認めて、前に進んでいくんじゃないかな」

だから、と再び手を眞白に差し出す。

眞白の瞳は、真っ直ぐに私を見ていた。深い水底のような、静かにたゆたう色で。

『紅緒、眞白様にもうひとつだけ、伝えてください』

柔らかな声で櫛が言う。

『心配いりません。紅緒は強く育ちました。大丈夫です』

繰り返した私の声に、眞白は静かに息を吐いた。「わかりました」と囁くように言うその顔は、もう冷たくはなかった。

眞白が、私の手のひらにある櫛に手を伸ばす。

『紅緒』

もう一度、櫛に名を呼ばれる。

『ありがとうございます。これが私の最後の願いです』

そう言われたのと、眞白が櫛に触れたのは同時で。

その瞬間、明るくて温かい光が、私と眞白を、部屋全体を包み込んだ。


泣き声が聞こえた。

人間の、幼い声だ。

気が、足が急いた。なぜ人間がいるのだという疑問と、しかも子どもではないかという驚き。そのうえ泣いている——なにかが起こっているのでは、と焦燥感が生まれる。

森のなか、つくも神たちの姿が見えた。その中央にいたのは小さな女の子だ。

「あっ、眞白様……」

「眞白様、どうもこの子が迷い込んだみたいでして」

「しかも、その……」

なにがあったのですか、そう問う前に各々が喋り出す。輪のなかに入ると、大声で泣いている女の子と、呆然と立ち尽くしているつくも神がいた。

「怪我をしているではありませんか」

その子の左腕に血が流れていた。長袖が破れ、二の腕にざっくりとした切り傷が出来ている。

慌てて駆け寄り、持っていた手ぬぐいで脇を縛った。強く縛りすぎたか、その子が顔をしかめる。しかしそのおかげか、泣き声は徐々に小さくなっていった。

「痛かったですね。大丈夫ですよ、すぐに治りますから」

丸い大きな目が、力強く頷いた。泣きはらして頰も鼻も赤い。涙を袖でぬぐってやると、油断したのか鼻水も垂れてきた。その様子に思わず笑ってしまうと、ようやく彼女も笑顔を見せてくれた。

あの子みたいだ——思い出す、遥か昔に旅立った里与を。

どうやら薬箱を呼びにいっていた者がいるらしい。好々爺たるつくも神がその見た目とは裏腹な健脚ぶりでやってきたので場所を変わる。彼は丁寧に処置をしてくれた。秘伝の薬とやらを塗り込んでいる。

そこではたと気づく。

今は二月、節分の百鬼夜行の日である。

そんな時分になぜこの子は上着も着ずに薄手の長袖一枚なのだろう。しかも半ズボンだ。家から勝手に出てしまったのか、幼子ゆえに平気なのか。

「眞白様」

薬箱のつくも神が囁くように私を呼び、視線でその子の二の腕を見ろと言ってくる。傷が酷いのかと目を遣ると、傷口とは別に青くなっている痣がいくつかあった。まるで、二の腕を強く摑まれたような跡。大人の手のひらサイズの、指のような。

「お嬢ちゃん、他に痛いところはないかのう」

薬箱が笑顔で訊ねると、女の子は「えっとねえ……」と考えるように首を捻ってから「足」と言った。

「足かい？　転んだりしたのかな？」

「ううん、ヒリヒリしてた。今はだいぶへーきだよ」

「ほう。ちょっと見てもよいかな」

そう言われて女の子は膝下まである靴下をめくってくれる。

「……ほう、そうかそうか。痛かったのう」

そこに見えたのは、まるでもう一枚靴下を履いたかのような、色の違う皮膚だった。

「火傷じゃの。おそらく熱湯に足をつけられたんだろうて」

薬箱は私にだけ聞こえるように言う。

「よし、そうしたらこっちにも魔法の薬を塗っておこうな。綺麗に治るから心配いらんぞ」

しかし女の子相手には、笑顔で明るく接していた。他の者に指示を出し、女の子を座らせ、靴と靴下を脱がせて優しい手つきで薬を塗っている。

火傷。おそらく今ついたものでないのは私にもわかる。薬箱と話す様子を見ても、今の彼女に辛そうな気配はない。

胸が、重かった。痛みなのだろうか。知った子ではないし、人間とはもう随分関わりもない。

——ねえ眞白、私ってさ、こんなところに追いやられてまで生きてる意味あるのかな。

ただどうしても、里与の姿を思い出してしまう。

里与。大店の娘として生まれながらも、母が正妻でなかったために山奥に閉じこめられた娘。そのうえ生まれつき顔に痣があることを、母にも疎まれていた。「せめて見てくれだけでもよかったなら」と。

とはいえ、勝手に想像するのはよくない。それよりも今は、起きていることを解決するのが先だ。立ち上がり、この間もただ俯いて立ち尽くしていた男に向き直る。

江戸職人然とした青年だった。見たことのない顔だ。様子を察したのか、側にいたつくも神が最近東京からやってきた植木鋏のつくも神だと教えてくれる。

「あなたが、彼女を傷つけたのですか」

声に出すまで気づいていなかった怒りが、ふつふつと湧き起こってくる。

男ははっとして顔を上げた。その顔は青白く、目が怯えている。

人を攻撃したり傷つけたりしてはならない。それはつくも神のタブーだと灯青に教えられていた。椿のもののけである自分には領域外の話だが、灯青の代理を担っている間はなんとかせねばならない。

ただそれ以前に、どうしてこんな幼い子を、と憤る気持ちがある。

「あ、あっしは……」

消え入りそうな声は続かなかった。しかしがっくりとうなだれているというよりは、自分自身へ絶望しているように見える。

「眞白様、そいつはちょっと事情がありまして」

「そうなんよ。あの、傷つけたんはもちろんあかんことなんやけども」

「元々人間嫌いで、ていうのもこいつ、刃傷沙汰に使われてしまって」

「そしたらあの子がどしてかこん人に懐いてもうて」

「ちょっとこう、まとわりついてたのん振り払ったもんで」

「加減をね、間違えたんです。あの人植木鋏やさかい、うっかり」

代わりに周りにいたつくも神たちが口々に説明し出した。

「だから、なんだと言うのですか」

私が言うと、彼らがさっと黙った。

「人間が嫌いなのに懐かれて。自分が植木鋏だということも忘れ、振り払ってしまって切り裂いてしまったと。それの、どこが傷つけていい理由になるのですか」

皆が顔を伏せる。

彼らが悪いわけではない。それは百も承知だがつい語気を荒らげてしまう。

「名前は？」

男に再び向き直る。

「……銀次と言いやす」

男は顔を上げぬまま、しかし今度はしっかりとした声で答えた。

「自分がなにをしたのかは、わかってますね」

「……はい」

「あの子がなにかしたのですか」

さっと顔を上げた。相変わらず血色は悪かったが、強い瞳をするようになっていた。

「……いえ、なんにもしてやいません」

「言い分は」

覚悟を決めた。そういった顔だ。

「ありやせん。あっしが悪いんです」

そう言った銀次は、私から目を逸らそうとはしなかった。

きっと悪い男ではない。ただ、ルール以前に、人間の幼子を傷つけたことが、やたらと許せなかった。

——綺麗な白い花ね！　こんな花が咲くなら、あたし淋しくないわ。

初めてあの庭に現れた里与の姿が蘇る。あの子もまた、小さい身体で泣いて、笑っていた。

まだ生を享《う》けて数年で、理不尽さを受容していた。

「ではこのことは追って――」

不意に、袖をぐっと引っ張られた。

「こわい顔、したらダメよ」

あの幼子だった。彼女が私の着物を摑み、ふるふると首を横に振る。誰かが持ってきたのか、赤い半纏を着ていた。

「しかしこれは」

「わざとじゃないの。あたし、あのおにーさんがテレビの人みたいだから、おはなししたくって……えーっと、しつこく？　しちゃって」

もう泣いたことすら忘れたような、けろりとした顔だった。その様子に、こちらの毒気も抜かれてしまう。

「ですが」

「いいの。あたしへーきだもん。ゆるすの」

許すの。

その言葉に銀次が息を吞んだ気配がした。私は静かに息を吐く。

「あなたのお名前は、なんというのですか」

まるで里与だ。どう考えたってあの子に非はないのに、いいのよと笑って強がれる果てのない優しさ。

そう、彼女を思い出す。

「紅緒です。四歳です。あなたはのおなまえは？」

「私は眞白といいます。紅緒、あなたはこの男を許すと言いましたね」

頬と鼻を赤く染めた紅緒が「うん」と頷いた。

「わざとじゃないし、あやまってくれたし。だから、いいのよ」

「ですが、紅緒は痛かったでしょう」

「うん、そうなんだけど……あ、わかった」

紅緒はひょこっと銀次の前へと歩み出る。突然のことに銀次が身じろぎした。

「もうダメよ」

「……え？」

「もうやっちゃダメよ。やくそくできる？」

それは、とても純粋な声と瞳によるものだった。

どこかでそう言われたのか、見てきたのだろうか。まるで小さな親のような素振りだ。

「……へんじは？」

「えっ、あっ、はいっ、そっ、そりゃもちろんで」

「うん、じゃあ今回はゆるしたげる」

それでいいでしょ？　と言わんばかりに、紅緒が振り返る。

銀次は俯いて、小さく震えていた。焼却という罰から逃れた嬉しさではないことは私にもわかる。たとえ被害を受けた紅緒本人が許したとしても、灯青をはじめとしたまとめ役たちの判断はわからない。

「わかりました」と私も頷いた。ここで罪を議論する必要はない。いつの間にか、怒りも消えてしまっていた。

「眞白殿、こやつは儂が預かろうて、まずはその子を戻してあげなされ」

薬箱のつくも神の申し出をありがたく受ける。銀次は深々と紅緒に頭を下げてから、薬箱と共に林のなかへと消えていった。残ったつくも神たちは手伝ってくれるらしい。

「さて、紅緒」

大変なのはここからだ。

今日は節分。一年に一度の、大百鬼夜行の日。

この日ばかりは京中のつくも神がめいめいに集まり、町に出たり宴会を開いたり、絵巻さながらに練り歩いたりする。

おそらくここの者たちは宴会を楽しんでいたのだろう。そこへ紅緒——人間が迷い込んできてしまった。

つまりは、神隠し。

「どうやってここに来たのか、覚えていますか？」

神隠しに遭う理由は様々だ。ふらっと神域へ入ってきて勝手に戻っていく者もいれば、魔に招かれてしまうこともある。幸い紅緒は私やつくも神たちに発見されたからいいものの、家に帰してやるには誰かが送っていかねばならない。

ふう、とため息を我慢する。人間とは出来る限り関わりたくない。

とはいえ、こんな幼い子を放っておけるわけもない。

えっと……と考えていた紅緒が首を捻った。

「にげてきたの」

今回ばかりは、と腹をくくったところで、予想だにしなかった言葉が聞こえてきた。

「逃げて、ですか」

なにから、と聞きかけて息を呑む。紅緒は、わかっているのだ。

「こわいことがあったらにげなさい、っておじいちゃんが言ってたから。だから、にげてきた。そうしたら、いつの間にかここに来てた」

だから、迷い込んでしまったのだろうか。怖くて、行く宛もなく逃げて。せめてどこかの神が保護してくれたのだと思いたい。魔が招いたのではなく。

なんにせよ、見つけられてよかった。

ゆっくりと、彼女と同じ目線の高さになるよう、膝を折る。紅緒はもう泣いていなかった。それどころか、炯然《けいぜん》とした強い光を瞳に携えていた。

「紅緒」

名を呼び、その手をそっと取る。小さく、細く、乾燥した手。

「その怖いことを聞いてもいいですか？」

予想はつく。それは周りのつくも神たちも同じだったろう。誰も、余計なことはなにも言わなかった。

こくりと頷いた紅緒はひと言「ママ」と口にした。

「……お父様は？」

「しらない……ほとんど、家にいない」

紅緒の手が、私の手をぎゅっと摑む。強いと言ってもまだ四歳だ。親に、誰かに甘えて生きていいはずだ。

あの痣や火傷は、母親によるものだろうか。紅緒の手の力に呼応するように、私の胸もぎゅうっと締めつけられていく。

「そうでしたか。知らない場所に迷い込んで、驚いたでしょうね」

すこしでも明るい気持ちになれるように、と声のトーンを上げてみる。慣れないことだが、紅緒も微かに笑ってくれた。

「うん。でもみんな、いいひとたちだったから」

今度はにかっと笑顔を見せてくれる。丸い顔が愛くるしい。里与を思い出す。

いいひとと呼ばれたつくも神たちは、一瞬驚いてから各々に照れたり喜んだりし始めた。みな、道具として人間に大切にされてきた者たちだ。

人間のことも好きである。私と違って。

「それはよかったです……紅緒は、お母様のところに帰りたいですか？」

聞くのは酷だろうか。こんな幼い子に判断させることではないかもしれない。それに人間には人間の生き方があるだろう。もののけの私が口を出していいのかもわからない。

「ひとみ道具店」

「え？」

「おじいちゃんとおばあちゃんのお店。そこに、行きたい」

しかし心配は無用だった。おそらく、紅緒はそこまで考えて逃げてきたのだろう。

まだ、この世に生を享けてたった四年だというのに。

わかりました、と私は頷く。それならば、その願いを叶えるのが一番だと思った。

「おじいさまとおばあさまのことは好きですか？」

私の質問に、紅緒がまたにこっと笑ってくれる。

「うん、だいすき」

それならば、なお安心出来る。

「そのひとみ道具店の場所はわかりますか？」

ただこの質問に、紅緒はさっと顔を暗くした。

「わかんない……」と呟くように答える。

さすがに無理か、どうやって調べようかと思案しようとすると、

「人見道具店なら、うち知ってんで」

近くにいたつくも神が教えてくれた。どうやら他にも知ってる者も多いらしい。

「修学院の店だ」

「あそこならええ店主やさかい、安心や」

そんな声がいくつも聞こえてきて、紅緒もほっとした顔を見せてくれる。

「では紅緒、そのおじいさまとおばあさまのお店までお送りしましょう」

つくも神に人見道具店の場所の詳細を聞き、私は紅緒の手を引いて歩き始めた。紅緒はつくも神たちに笑顔で手を振る。みなその姿を見守るようにいつまでも手を振りかえしていた。

が、歩き出してすぐ、紅緒の歩みが遅く、重たくなった。

怪我が痛むのかと思い訊ねると「へーき」と返ってくる。では疲れたのかと問うとすこし間が空いてから「へーき」と同じように返ってきた。

その間に、やるせなさのような思いがさあっと胸をよぎる。

「紅緒は今日、たくさん歩いたのでしょう。大変でしたね。私でよければ抱っこしましょうか」

思いついたままに言ってみると、紅緒がぱっと顔を上げた。

「……いいの？」

「もちろんです」

とは言ったものの、考えてみれば子どもを抱き上げたことなど一度もない。自分のことを非力だとは思わないが、きちんと出来るのだろうか。

紅緒はすこしだけ躊躇いを見せてから、おずおずと両手を上げた。たぶんこういうことだろうと、その脇の下に手を入れ抱き上げる。

軽かった。

半纏を着ているとはいえ、しっかり抱きついてきた腕と脚の細さが伝わってくる。人の子はこんなにも軽いのだろうかと不安になり、落としてはいけないとひしと抱き留めた。

疲れたとはいえ知らぬ男相手に気まずいのか、紅緒がわずかに身じろぐ。肩の上に乗った顔は確認出来ないが、柔らかいため息が聞こえてきた。

「おもくない？」

「ちっとも重くないですよ」

「よかった。ママはね、おもたいからダメって言うの」

その声の儚さに、手に力がこもってしまった。紅緒もまた、腕に力が入る。

「あたしはね、いらない子なんだって。あたしがいなければ、ママはじゆうだったって」

──私って、いらない子なのよ。

空虚な声に、里与が重なった。

「そんなこと、言うものではありません」

あのとき、届かなかった声。届けることが出来なかった言葉。

つい、語気が強まってしまう。

「たしかに私も、必要とされなくなった者たちをたくさん見てきました。ですがあなたはまだこれからではないですか。それにたった数人から必要とされなくなったからといって、世界が全てそうとは限らないのですよ」

なんてことを言うのですか、と言うと同時に、紅緒の身体が揺れた。

ふぇ……と微かに漏れて聞こえ出した声。その紅緒の反応に、しまったと気づいたものの、もう遅い。

「す、すみません。人間に慣れていないとはいえ、幼子を泣かせるとは情けない。紅緒、あなたを責めているわけではないのです」

先ほどのようにわんわん泣いているわけではない。それでもしがみついてくる手の力は強く、その身体はとても熱い。

その背をゆっくりとさする。

「紅緒は悪くありません……それに、わからないわけではないのですよ」

里与もそうだった。しかし彼女は本当にそうなわけではなかった。親に必要とされ、婚家からも望まれたはずだ。きっと。

ただし、私は。

「私は、ずっと独りでした。誰からも必要とされないどころか、誰にも知られぬまま。そんな私より、紅緒がいらない子なわけないでしょう」

椿として幾多の季節を越えていくうち、屋敷はやがて無人となった。

最初こそ期待しただろうか。また会えるのではないかと。それもやがて遠い昔となったとき、人と成り花を咲かすこともなく、生きていく意味を失った。

山奥の、寂れたあばら屋以外に世界を知らなかった。里与を探しに行くには遅すぎた。

私の世界は、ずっと、独りだ。

『眞白、私ね、嫁ぐことになったの』

あの日、里与はぽつりとこぼした。私はそれになんと応えただろう。寿ぐ気持ちと共に感じた、僅かな寂しさ。

めでたい話のはずだった。

なのに里与の顔は晴れやかなものからは遠かった。誰かに、必要とされたのに。

それでも彼女は、旅立った。また会いに来るよと残して。

人は人。私より後から来て、先にいなくなるもの。わかっている。

「……お母様とはうまくいかないかもしれない。それでも、紅緒はおじいさまとおばあさまは大好きなのでしょう？　きっとおじいさまとおばあさまも紅緒のことを大好きなのではないでしょうか」

独りではないでしょう？

そう口にすると、荒涼とした風が吹いてきた気がした。

夢や希望を語るには、私は向いていない。わかっているから。一番信頼する相手に裏切られる辛さや哀しみを。

だからといって中途半端なことを言いたくない。嘘を教えて現実に絶望させたくもない。

たとえここにいることは、忘れてしまっても。

「眞白だって」

「え？」

――眞白。

人にそう呼ばれることなど、もうないと思っていた。

紅緒が涙で濡れた頬をそのままに顔を上げる。丸い瞳がまっすぐに私を見る。

「眞白だってさっき、たくさんおともだちいたよ。ひとりじゃないよ」

その顔は、怒っているようにも、泣いているようにも見える。しかし涙をぬぐってやると、にっこりと笑ってくれた。

「……お友だち、だといいんですが」

「違うの？」

「どうでしょう。実は、あまりわかっていないのですよ」

その無垢な瞳につい正直に答えてしまう。

私は古山茶の精と呼ばれるもののけ。つくも神である彼らとは似ているようでやはり違う。灯青に拾われ、ここで――この世界に生きてはいけるものの、やはり疎外感は少なからずあった。

かといって、他に行くところはない。ここ京都にも、他の地にももののけはたくさんいるだろう。でも彼らと共にいたとて――私の生きる意味は見つからないだろう。

お友だちなど、私には。

「そうなの？　じゃあおともだちになったげる！」

「……え？」

唐突な申し出に、思わず足を止めてしまった。

「あたし、おともだちは何人かいるの。だから、さみしくないよ」

「そうですか。ならなおさら、紅緒はいらない子ではないですね」

私が言うと紅緒は「そっか」とにこっと笑った。丸い鼻先が赤い。

「それなら、眞白のおともだちにあたしがなるの。そしたら、眞白もさみしくないでしょ？」

優しさしかないような、温かい声だった。幼さゆえの純粋な発想なのだろう。琴線に触れるとはこのようなときに使う言葉かもしれない、と思えるほどこちらまで優しさで満たしてくれる。

その優しさだけで十分。答えることはせず、再び足を進めると、紅緒が私の顔をのぞき込んできた。

「ダメ？」

「ダメではないですが」

人間とものの け。今でこそ幼い彼女も、やがて私に追いつき、追い抜き、去っていってしまう。そう、やがてまた、いなくなるのだ。

はっきりしない私に、紅緒が頰をぷくっと膨らませた。その拗ねた表情は里与もよくしていたなと思い出す。

じゃあ、と紅緒が言う。

「お嫁さんになる」

「……えっ、ちょ、お、お嫁さんですか!?」

「そう、けっこんする」

「いやいやいや、なにを言ってるのですか。出来ませんよ」

そこまでまくしたててしまってから、ふと気づく。なにもそんなに慌てることはないだろうと。先ほどまでと同様、曖昧に濁していればいいものを。

「どうして?」

「どうしてって……」

もののけと人間の結婚を聞いたことがないわけではないものの、難しい問題だ。それに私はあまり賛同出来ない。私たちはあまりにも違いすぎる。

いやなにを真面目に考えているのだろう。

相手は幼子。そんな真剣な話ではないはずだ。

「紅緒はまだ子どもではありませんか」

「じゃあ大人になったらする」

「そういうことは軽々しく約束するものではありませんよ」

足が自然と速くなっていた。

紅緒の小さな手が、私の頰に触れる。

冷たく、骨ばった、まだまだ小さな手。こうやって人に触れられたのは、いつ振りだろう。もう長いこと、知らなかったぬくもり。里与とは違う、その手。

「だって、眞白はひとりなんでしょう？」

しっかりとした、声だった。幼さを感じさせない、意志のある声。

「あたしが大人になるまでまってて。そしたら、さみしくないよ。いらない子じゃないよ」

思わず、その手に自分の手を重ねた。

あまりにも大きさの違う、子どもの手。自分のほうがすでに二百年以上も年上だというのに、この世に生を享けてまだ数年の彼女に、教えられている。

わかっている。出来ないことだと。

結婚の話ではない。その日を待つことだ。ここを出れば彼女は神隠しに遭ったことも、怪我をした理由も、私のことも忘れてしまう。

だから、出来ない。二度と、会うことなどない。あの子と、同じ。

「ありがとうございます、紅緒」

そう思えば、べつに無理に拒む必要もないのだと気づいた。どうせ忘れられてしまう。

私も、期待などせずすぐに忘れてしまえばいい。

足を止める。片腕で抱えていた彼女を見やると、透き通った瞳が、まっすぐに私を見ていた。

「では大人になったらですよ。それまで紅緒も……大変なこともたくさんあるかもしれませんが、しっかりと、強く生きるのですよ」

「うん！」

一番の笑顔を見た気がした。人が喜ぶ姿など、久しぶりすぎてこっちが戸惑ってしまう。

「やくそくね！　あたしが大人になったらけっこんするの」

紅緒はそう言って、頬にあった手で私の手を取った。

「ゆーびきりげんまーん、うそついたらはりせんぼんのーます」

さっと小指をつなぎ、歌う。

「ゆーびきった！」

そしてあっという間に、切られてしまう。瞬間、ふんわりとした風があたりを包むように吹いた。

嫌な予感はした。しかし私は正確には承《う》けてはいない。よしんばこの約束が成立したとしても、その日は来ない。

紅緒を見る。

満足したのか、ふふっと笑って再び私の肩のあたりに顔を寄せた。私は人見道具店を目指し、また歩き出す。

「眞白……ありがとう」

　それはなにに対する感謝だろう。わからなくとも、その言葉だけで十分だった。

　これでよかったのかはわからない。けれど安心したかのようにゆったりとしだした紅緒を腕のなかで感じる。疲れていたのは事実だろう。やがて紅緒は静かに寝息を立て始め、重さが増した。

　十数分後、修学院に出て叡山電鉄の駅へと向かった。すでに夜も更け、駅前のコンビニエンスストアの灯りが眩しい。目的の店は迷うことなくすぐに見つかる。駅前の小さなアーケードに『人見道具店』という看板があった。

　さて、と下ろされたシャッターの前に立つ。アーケードの屋根が低く、店の一階の前面部分しか見えない。住居もついているタイプだろうか。裏に回れば玄関などがあるのだろうか。

　どうすべきか迷っていると、シャッターの金属音がアーケードに響いた。古びたそれは、見た目に反してするすると上げられる。

「……なんや胸騒ぎで目が覚めたと思たら」

　途中まで上げられたシャッターの向こうから、ひょいと男性が出てきた。白髪まじりで痩せてはいるが、品のよさを感じた。

　紅緒の祖父だろうか。深夜の来訪者にもそれが私みたいな者でも、臆する様子はないが、私が抱いているのが紅緒だと気づくと、さっと顔色を変えた。

「迷子になったようです」

なにか言われる前に、と口にした。間違いではない。紅緒は逃げた先で迷った。ただどう考えたって、怪しさしかないだろう。

男性は紅緒の顔を見、私をじっくりと見、複雑な表情を浮かべた。悲愴、憤怒、無念、後悔。そのどれにも見え、定まらない胸の内が表れたようだった。

「とりあえず、なかに」

それから店のなかに促され、私は紅緒を抱いたまま、店主の後へと続いた。

店は道具に溢れていた。鍋や食器、箒などの日用品が綺麗に並べられているのが薄暗くてもわかる。埃っぽさや雑然さは感じられない。どれも、大切に扱われているような気配がここにはあった。

レジの横にある椅子を勧められる。紅緒をいつ渡すべきかと悩んだものの、本当に引き渡していいのか様子を見るべきだと思い、抱いたまま座る。

店主はレジに置かれていた古い丸椅子へと腰を下ろした。その表情は、やはり読めない。ただ、紅緒を見つめる瞳は、温かく優しく見えた。

「深夜の突然の訪問、失礼いたしました。迷子のこの子を保護したところ、祖父母の家がこちらだと教えてもらいましたので」

どう言ったって嘘くさく聞こえるだろう。それに私は嘘も得意ではない。正直に全ては話せなくとも、余計なことは言わないほうがいい。

「こん子はどこに？」

答えることが出来なかった。どこで保護したってまず頼るは警察だろう。まさか神域でと正直に言えるわけもない。嘘を吐いたとてすぐバレる。黙るしかないが、それはもはや答えに違いない。

「ほんまは、違うんやな……迷子でもない」

店主もそれは悟ったのだろう、寂しさと厳しさの混じった声でそう言った。

「……いえ、それは」

「あんたは……あなたは、人ではないんでしょう」

予想外のことに、二の句が継げなくなる。肯定も否定も出来ない私を見て、店主は柔らかな表情を浮かべた。

「いや、狐でも狸でもなんでもええんです。ただ……紅緒が無事であれば」

人ではないものが現れて恐ろしくないのか、疑うことはないのか。得体の知れない者が孫を抱いているというのに。

静かな衝撃に、腕に力が入ってしまう。

腕のなかの紅緒が「ううん」と小さく唸った。しかしその寝顔は健やかそのものだった。

一度だけ、春の温《ぬく》い日に里与が庭で眠ってしまったことがある。まだ撫でてやる腕はなかった。ただその穏やかな顔を見ていた。あの日が蘇る。

店主が笑った。幸せそうな、嬉しそうな笑みで紅緒を見ていた。

そうか、と納得する。この者になら、任せても大丈夫だ、と。

人と極力関わらず生きてきた私では、判断が甘いかもしれないが、どうしてか今回ばかりは自信があった。

「たしかなことはわかりません。私は泣いているこの子を見つけただけ……場所はどことは申せませんが、人が足を踏み入れるのは珍しいところです」

私が話し出すと、店主は背筋をしゃっきりと伸ばした。黙って聞くことにしたのか、口を結び、膝の上の拳に力が入っている。

「怪我をしておりました。切り傷です。そちらは手当をしましたので、綺麗に治ると思います。ですが、他にも」

店主がぎゅっと目を閉じた。

「……経緯はわかりませんが、数日前についたと見られる痣と火傷があります。火傷に関しても、薬を塗っておきました」

薬箱のつくも神が知己の神々から分けてもらっている薬のはずだから、きっと効きはよいだろう。痕も残らず治るはずだ。

ただ、治せるのは身体だけ。

息を吸う。伝えるべきことは、伝えねばならぬと。

「紅緒が申しておりました。逃げてきたのだと。祖父に、怖いことがあったら逃げろと教わったから、逃げたと」

「……ああ」

その漏れた声は、怒りだろうか。自分自身への。

力んだように震える腕も、拳も、そこにあるのは後悔と憤り。この子の母親に対する怒りよりも、自分に対するそれのほうが遥かにあるのではないかと思わせるような空気をはらんでいた。

知っていたのだ。

その証拠に、彼は「なにから」とは訊ねなかった。

「薄々、感づいてはおったんです」

小さくも決して消えやしない声が、告白する。

「娘……こん子の母親が、どうも危ういと。きっかけは、たぶん娘婿の浮気でしょう」

相槌は打たなかった。きっと、話してしまいたいのだろうと、黙って聞く。

「それとなく声はかけたんですが、かえって頑なにさせてもうて。どうすべきかと、家内とも相談しておりました。そんなん構わず、こん子だけでも救ってやればよかった」

言いわけにしかなりまへん、と続く。

「自分はいらない子だと、言っておりました」

うなだれたり顔を伏せたりすることはなく、彼はしっかりと聞いている。受け止めている。

「ですが、私たちにも優しく接してくれる、強い子でしたよ」

ぱっと目を開いた。涙はない。ただ私の言葉に泣き笑いのような顔を見せる。

「今は疲れて眠っておりますが、知らない場所でひとりだというのに、堂々として……それに、他人を許すことが出来る子です」

店主はわかっているというように何度も頷いた。そして紅緒に手を伸ばし、そっと頭を撫でる。

やはり大丈夫だ、と確信した。

私は腕のなかの紅緒が起きないように、そっと店主へと彼女を送り出す。

「目が覚めれば、今日一日のことは忘れていると思います」

「……それは」

「この子がなにかしたわけではありません。そういうルール、とでも申しておきましょうか」

きっと私のことも、覚えていないでしょう。

その言葉は、言わなかった。いや、言う必要がないと思った。

「母親からされたことの記憶は全て消えるわけではないでしょうが、逃げたことは彼女のなかではなかったことになるはずです。ですから、そこは」

代わりに続けた言葉を、店主はみなまで言わずとも理解したようだった。しっかりと頷いてから、ありがとうございます、と頭を下げた。

「ほんまに……あなたに見つけてもらえて、よかったです」

私など、と思う。ただ偶然泣き声を聞きつけて、ここまで連れてきただけで。

「あなたのことは忘れません」

店主に言われ、どうしてか小さな笑いが漏れてしまった。それをどう受け取ったのか、
彼は首を小さく振る。

「紅緒は今日のことを忘れるのでしょう。でも大丈夫です。思い出は消えへん、なくならへん、そう思ってますから」

思い出は消えない、なくならない。

本当だろうか。忘れてしまうのに。忘れたら、思い出さなくなるのに。

すーっと、冷たいものが頭のなかを支配していく感じがした。

なのにどうしてか、胸の内に小さな楔を静かに打たれたような、痛みも生まれる。

店主の言葉に、答えは持ち合わせていなかった。

ふう、と寝息が聞こえた。祖父の腕のなかで、紅緒が笑っている。安心しきったように、幸せそうに。

ああ、それでも。と久しぶりの感情が生まれる。

「……どうか、この子が一番幸せになれる方法を、お願いします」

自然と、そのようなことを言っていた。

婚姻の約束をしたからではない。そのようなもの、朝になれば全て消えてゆく。再び会うこともないだろう。彼女の世界と私の世界が交わることは二度とない。

ただどうか。

この強く優しい子が歩く世界が明るくあってほしい。

辛いこと、苦しいこと、そんなものは無限にある。私たちだってそうなのだ。ならば人だって。人のほうこそ。

次の瞬間、店主が見せたのは、強く強く、確かな光を携えた瞳だった。

「お約束します」

そう答えた声に、不安げなところはなにもなかった。

私も再度頭を下げ、辞する。ふと店の出口まで来たところで思いつく。

「これを。お守りといってはなんですが」

後ろについてきていた店主に櫛を手渡した。

里与のものだ。彼女が私に残していった唯一のもの。ずっと持っていたせいか、もう随分と傷んでしまっていた。

あの子も決して恵まれてはいなかったが、それでも精一杯明るく、懸命に過ごしていた。けっして悲嘆に暮れず、よく笑いよく怒り、自分の人生に折り合いをつけて生きていた。

あの子のように、とは言わないがせめて里与の逞しさが紅緒にも。

店主は古びた櫛を大事そうに受け取ってくれた。

「ほんまに、ありがとうございます。こん子は必ず、安心して幸せに暮らせるよう、責任を持って育てます」

腕のなかの紅緒が、再び笑ったように見えた。幸せに、そう願い最後に額を撫でる。柔らかく、穏やかなぬくもり。彼女のこれからもそうあってほしい。

では、と一礼し、店を出る。

寒風が吹いていた。アーケードは誰もおらず、ひっそりと静まり返っている。振り返らず歩き去り、しばらくしたところでようやくシャッターの閉まる静かな音が聞こえた。

空は暗く、星は遠い。先ほどまであったぬくもりが消え去り、思わず身震いした。なにげなく手のひらを見つめ、あの小ささを思い出す。

人の子をこの手に抱いたのは、初めてだった。

あの頃は、いくら泣かれてもしがみつかれても、応える腕を持っていなかった。それどころか言葉も、声すら届けることは出来なかった。

なにもしてやれず、ただ花を咲かし散らすだけ。

今日のこともどうだったのかわからない。見捨てるわけにはいかなかっただけ。偶々《たまたま》、出会った、見かけただけに過ぎない。

天を仰ぐ。

もう二度と会うことはないあの笑顔は、忘れるべきなのだと息を吐いた。

そこから醒めたとき、私は泣いていた。

どうしてだろう。ただぽろぽろと、涙がこぼれ落ちていく。

それは、眞白も同じだった。

私の手のひらにあったはずの櫛が、さらさらと砂になって消えてゆく。

ああ、どうしてと思わず手を握る。その上に重ねられていた眞白の手も同じように動き、私たちは強く手を取り合った。

私が見たのは、過去。四歳のあの日、神隠しに遭ったときのこと。

きっと眞白も同じなのだろう。私たちは涙を拭うこともせず、ただただ互いを見つめていた。

そうだったんだ、と腑に落ちる。

眞白が隠したかったのは、婚約についてじゃなかった。

あの日、私は逃げた。母から。四歳ながら自分で決めて家を出た。

今まで一度も思い出したことがなかったことが、つられるように蘇る。痣や火傷のことは覚えていないけれど、逃げようと決心したのは母に言われたからだ。『あんたさえいなかったら、私も自由になれたのに』と。

怖かった。必要とされないどころか、邪魔者とされたことが。それまでの暴言や暴力も積み重なったのかもしれない。同時に、いなくなったほうが母親にとってもいいのだと、私は考えたのだと思う。

どうしてそれほどまでに母に疎まれたのかは知らない。今見た祖父が言うように、顔も知らない父親の浮気がきっかけなのかもしれない。他にもいろいろストレスがあって、ノイローゼのような状態だったのかもしれない。

そんなのは、知らない。わからない。関係ない。うっすらと覚えている、祖父母の家に来た母が私を見て泣いていたことを。

だけど、それ以来一度も、会いにさえ来なかった。

とにかく私は家を出た。祖父母の元へ行こうとしたのだろう。そして迷った。

迷って、気がついたらあの場所にいて。眞白が、見つけてくれた。見つけて話を聞いてくれ、祖父母の家まで送ってくれた。

眞白のおかげで、今の私がある。祖父母に愛情をたくさんもらって、たくさん笑って、喧嘩もして、悩んで前を向いて、生きてこられた。

眞白が隠したかったのは。

母親に絶望した私の記憶。

「ありがとう、眞白」

ようやく言えたのは、そのひと言。

思い出す、あのときのぬくもりと安心感を。孤独を感じていたあの頃に抱っこしてもらえた嬉しさを。

遅れて気恥ずかしさも湧き起こってくる。結婚なんてとあんなに言っていたけど、プロポーズしたのはまさかの私だった。

眞白はただ幼稚な私につきあってくれただけ。我ながら、なんてことを言ったんだと笑いたくなる。

「今が幸せなら、知らなくてよかったのです」

眞白の指先に力が入った。その顔が哀しげに崩れていく。ひとつ、またひとつと頬を伝うその涙が、顎先で微かに揺れた。

人間とは関わりたくないなんて言いながら。

私は涙に濡れた頬を拭い、出来る限りの笑顔をつくる。

「ううん、思い出してよかった」

それは本心だ。自分にあったことなど、正直もうどうでもよい。ショックじゃないと言えば嘘かもしれないが、母親のことはとっくに区切りをつけた問題だ。

それよりも、眞白のことがすこしでもわかった気がして。そのことのほうがよほど。

「だって、眞白が――」

「解決した？　おふたりさん」

不意に灯青の声が聞こえて思わずのけぞってしまった。眞白も同様だったのか、握っていた手を互いに引っ込める。

櫛は砂へと溶け、風に乗るようにどこかに消えてしまった。

「ああ、ごめんごめん。邪魔だったよねー。でもね、俺だって最期を見届けたくてさ」

灯青は部屋の入り口のところにもたれかかっていたものの、そう言いながら私の元へとやってくる。膝を折り私の手のひらを見つめ、美しいほどの慈愛に満ちた笑みを見せた。

「紅緒ちゃん、今、夢みたいなのを見たでしょ？」

「え、あ、はい」

夢にしてははっきりとしていた。それに、私ではなく眞白の視点で見た。

「それも、百鬼夜行みたいなものでね。この子――櫛のつくも神が、自分と引き替えに起こす、とっておきの魔法」

「……自分と引き替えに？」

灯青を見、眞白を見た。眞白はもちろん知っていたのだろう。私と目が合うと、静かに頷いた。

「道具はあくまで道具。人に使ってもらうことで初めて役に立てる。だけどね、人に大切にされてつくも神となった道具は一度だけ、持ち主のために力を使えるんだ。この子は今、紅緒ちゃんと、それから眞白」

名を呼ばれた眞白が、え、と顔を上げた。

「ふたりのために、自らの命と引き替えに、百鬼夜行を起こしたんだよ」

その顔は、決して哀しみに暮れてはいなかった。むしろ我が子を誇らしく思う親のような、温かみのある優しさに満ちている。

だから私も、涙は引っ込めた。今までずっと見守ってくれた櫛に恥じぬよう、前を向きたい。もう大丈夫ですと言ってもらえた、あの言葉を胸に大切にしまっていきたい。

寂しさはある。哀しさもある。だってずっと一緒にいたのに、ずっと声を聞かずに来た。

後悔なんて無限にある。

それでも。

眞白を見た。彼は愁色を帯びた笑みを唇の端にすこしだけ浮かべ、それからそっと目元を拭った。

「で、結局なんで婚約したの？」

灯青の声がくるりと反転する。その瞳はきらきらしていて、明らかにゴシップを楽しむ色だ。急変ぶりに若干気持ちは引くものの、かいつまんで説明すると、盛大ににやにやされた。

「まさか紅緒ちゃんからプロポーズしてたなんて。やだーましろんモテモテ」

「幼児のそれを本気にしないでください」

「いやー、それはそうなんだけどさ、場所が悪いよね」

「え？」

しゃがんだままの灯青が、膝の上に両肘をつき手に顎を乗せた。

にっこり、無邪気な笑みを見せられる。

「紅緒ちゃん、あそこってどんな場所だと思う？」

「場所？　どんなって、つくも神がいた場所がですか？」

「そう。神隠しってさ、人間の世界から消えちゃうってことなんだけど」

人間の世界から消える。

思わず眞白を見た。その顔色がさっと変わる。

「えーっと、つまりは人間が住む場所ではなく」

「うん。神が住む場所。つまりは神域ね」

「もしかしてここも?」

「ああ、ここはねちょっと違う。その狭間だと思って」

不穏な流れに、背中がそわそわしだした。

「眞白も迂闊だったねえ」と灯青が笑う。それは楽しそうというよりも、ちょっと呆れた感じで。

「そんな場所で指切りなんてしたら、立派な誓約だよ」

「え?」という音だけが出てきて、体温が下がっていく感覚に襲われる。

つまり私のあのプロポーズは、冗談や幼子の気まぐれと判断されず、むしろ神に誓ってしまったということだろうか。

「しかもゆーびきりげーんまん、って歌ったんでしょ。となるとねえ」

「灯青、それに関しては」

黙っていた眞白が口を開く。ふるふると首を振って。

「えっと、歌も、なにか?」

指切りの歌なんてみんな歌うだろう。お決まりだ。

灯青は私を見て、眞白を横目でちらっと見てから「うん」と頷いた。

「げんまんは拳に万って書くでしょ。つまり約束を破ればそれだけ殴るし」

「針千本飲まされるし？」

「そう。つまりは結婚しなかったらそういう罰がほんとに下るよ、ってこと」

なんて歌なんだ、と思わず頭を抱える。自分が歌ったことを棚に上げて、そんな歌を作るなよという呆れと憤りでため息をついてしまった。

「紅緒、そのことに関しては気にしなくてよいのです」

すっ、と膝の上に置いていた手に彼の手が乗せられた。とても自然に。躊躇うことなく。

「灯青も余計なことを言って紅緒を困らせないでください。婚約に関しての責任は私にあります。私が至らなかったせいです。紅緒に負わせるべきではありません」

それは淀みのない声だった。

もう瞳も濡れていない。顔色も悪くない。背筋をしっかりと伸ばし、灯青を見据えている。

「紅緒も」と今度は私に向き直った。

「あなたは、あなたの幸せを一番に考えなさい」

その顔を見て、ひとつ気づいた。

もしかして眞白は、その歌があったために私に婚約破棄を宣言させなかったのではないかと。自分から破棄を言い渡すことで、私に非はないのだと、罰を受ける必要はないようにと、いつも遮っていたのではないかと。

私はそんなことも知らず……忘れていたとはいえ、ただ一方的な態度に憤っていた。

さらさらと、あの砂が、櫛が、櫛が見せてくれた思い出が、降り積もっていくような気がした。

私の幸せ。

そう言われても。そう思って目の前にある眞白の顔を見る。

私の幸せ。

人とは関わりたくないと思っていたもののけ。また会えるかもと希望を抱きつつ、叶わないまま独りただ時を過ごしてきた、椿の木。

「そんな風に言われても……」

だからといって眞白のことを無視出来るわけ。

そう言おうとしたとき、ドタドタと足音が廊下に響いた。

「お嬢さん……！　本当に、本当に申し訳ねえ！」

滑り込む勢いでやってきたのは銀次だった。しかも今回もまた額を擦りつけるほどの土下座っぷりである。

「あのとき、お嬢さんの言葉に、あっしは救われました。道具としての命がじゃねえ、心がです。あんな幼いのに、お嬢さんはあっしのことを許してくれやした。あのとき、どれだけ……」

そのうえすごい勢いで喋り出す。あまりの圧に思わずのけぞってしまう。

「いや、えっと銀次さん、たいしたことはしてないし……ていうか怪我したのだって、思い起こせばあれ、私がやたらとつきまとって」

そう、あれは私も悪い。だんだんと記憶が蘇る。何度もやめてくれと言われたのに、能天気にちょんまげ！　侍！　とアタックをかましたのだ。そのうえあまりにもうろちょろとしたのだろう。銀次が私の腕を掴んだ。それだけだった。彼が植木鋏だからか、いい加減にしてくれという気持ちがあったからか、それですこし怪我をしただけだ。

言いかけた言葉を銀次が右手のひらで止めてきた。

「あのときの優しさは、唯一無二のものです」

そう言いながら顔を上げた銀次は、まっすぐな目をしていた。あまりにも強くて、受け止めるこちらが試されそうなほど。

「あっしは、一生お嬢さんにお仕えしやす。もう鋏としては役立たずですが、やれることはまだまだありやす」

どうしてそこまで、と思う。

お守りの櫛だってそうだ。どうして私なんかに。

「道具はあくまで道具。人の役に立ててることはなによりの喜びなんだよ。だけど人だったら誰でもいいわけじゃない。恩義があるから応えたいと願うんだ」

灯青が優しく笑って言ってくれた。

彼はいつもそう言っている気がする。道具はあくまで道具なんだと。たとえつくも神になっても、道具には違いないと。

ずっと、苦手だった。道具なのに喋るし、怖いし。いつからかその声を聞くのが嫌になって、触らなくなってしまった。

それでもこの数日、彼らと過ごして、声を聞いて。

人間が千差万別なように、彼らだってそれぞれで。

それどころか、ここにいるつくも神はみんな人のことを想っていて。

恩義。それは大切に使った――扱ったということ。

眞白を見る。手は重ねられたままだった。そのぬくもりが、じんわりと染みていく。

本当は人と共に生きたい、また花を咲かせて愛でられたいと言っていた。同時に、また来る別れに耐えられないとも。

そんな彼を、ないがしろには出来ない。

つくも神が人を想うように。

私も、彼らを、彼を、想おう。

「そうそう、神隠しって人間の世界に戻ったら記憶が消えるのが決まりなんだけど、もし思い出したら今度は二度と忘れられないんだ。一部をのぞいて」

それでも大丈夫かな、と灯青に訊ねられた。

「一部をのぞいて、ですか」

「そう。まあ見られちゃいけない部分とかねー」

それは神域だからなのかもしれないな、と考える。知らないほうがいいことだってあるのだろう。

二度と忘れられない。

忘れることが出来るのは、いいことだ。全てを覚えている必要はない。いらないものは、捨ててしまいたいものは忘れてしまったほうがいい。

けれど、この記憶は。

「大丈夫です」

私が頷くと、灯青は「ならよかった」と笑顔を見せてくれる。対して眞白は判断のしにくい表情を浮かべていた。灯青はそんな眞白をちらりと見てから、全くとでも言いたげに笑った。

私も眞白を見る。目は合ったものの、その瞳の色は深く、深く沈んでしまいそうな、湖の底の色。

「で、結婚するの?」

その質問はとても軽い声だった。あえてなのだろうか。

眞白は穏やかに、微笑んでいた。今にも泣き出しそうな、このまま消えてしまいそうなほどの優しさで。

その笑みの、理由が今ならわかる。

私はそんな彼の顔を見つめつつ、どう答えるべきなのか、迷っていた。

嫌いではない。好きかと言われれば、恋愛のそれとも答えられないけれど。

ただ、間にある問題はまだある。

隣にいるのは、古椿のもののけなのだ。


『難しく考えすぎちゃう？』

膝の上の絵皿がそう言った。

店の奥の上がり框で、亥之助が淹れてくれた京番茶を飲みつつ休憩していた。朝から掃除したおかげで、店はだいぶ明るくなったと思う。風通しもいい。

「……そうかな」

昨日、私は〝本当のことがわかった〟ために、久しぶりの自由を得た。そう、眞白と離れることが出来たのだ。

おかげで別の部屋に布団を敷いてもらえ、存分にひとりを味わい――この先どうすべきなのか、悩むことになった。

そして朝、食事の用意をしてみなで食べ、そこからずっと掃除をしている。

眞白とは、話せていない。

店の古道具たちは、みな優しかった。決心し軍手をやめたのにまだおっかなびっくりの私に、誰もが温かく挨拶してくれる。

全部が話すわけではないのに、この店には老若男女たくさんのつくも神がいて、実はとても賑やかだということも知った。人には変化しなくとも、たくさんの霊性を宿した古道具たちが、ここにはいる。

そして彼らのほとんどが、捨てられていたことも。

『あえてさくっと聞くけども』

百鬼夜行で思い出したことを、絵皿には話してみた。なんとなく、一番話しやすい気がしたのだ。まだ出会ったばかりなのに不思議だけど。

『虐待されてたことは、どうなん？』

「どうって……うーん、まあショックはショックだけど」

あれからひと晩中、神隠しの記憶を反芻していた。あの日、私は母親から逃げることを決心し、家を出た。幸い、虐待の記憶はほとんど思い出せなかった。ただ、一緒にお風呂に入ったときに祖母が涙ぐんでいたり、たくさんのご飯を目の前に大喜びする私を見て祖父が抱きしめてくれたりしたのは思い出した。

たぶん、そういうことだったのだろう。

とはいえ、過去の話だ。もう恨み辛みを語る気は起きなかった。いらない子だと言われたことも、今さらだ。むしろ忘れたおかげで、幸せに生きてこられた。

そう、それは間違いない事実。

「まあもう、いいかな」

今から母を捜し出し、問い詰めたり怒りをぶつけたりしたいとも思わなかった。どうして母がそうなったかはわからない。でもそれも、わからなくていい気がする。

きっと、祖父母のおかげだ。あのふたりがいたから。

それに、眞白も。

『そしたらその気難しぃ顔は、婚約のほうやな』

「気難しいて」

『苦虫噛み潰したよう、のほうがええ？　どっちにしたって、えらい眉毛ぐーー寄せて、への字口なってんで』

そう言われて顔の力を意識的に抜いた。

『無理したらあかんよ』

絵皿の声は、いつも同じだった。明るく、ざっくばらんに言ってくれる。

『うちらだってみんな捨てられてきてる。どんな事情でも最初は凹むんよ』

だっていらんって思われるんやで。

古道具の声は耳から聞こえるわけではないのに、そのフレーズがすうっと耳に残って着地した。

『でもうちらは道具。他にほしいゆうてくれる人がおったら、その人のためになれる。まあダメやったらそこまでやけど……しゃあないし』

思わず絵皿を撫でてしまう。彼女にも伝わったのか「子どもちゃうで」と口を尖らせられた、ような気がする。

「私も、一緒」

『一緒？』

「そう。母親とはうまくいかなくなっても、祖父母がいてくれた。ふたりに愛されてるから、きっと平気」

『そっか……うん、そやね。なんや、うちらって同じなんやな』

ふふふ、と絵皿が笑う。

『それに紅緒には、他にもおるやろ』

「え？」

絵皿は絵皿で、決して人としての姿が見えるわけではない。だからあくまで私の想像でしかないけれど、愛くるしい彼女はお茶目に面白がっている。

『眞白やって紅緒のこと大切にしてると思うで』

「……ええー……」

『なんなんその間。ほんまはわかってるやろ。どうでもよかったら神隠しの記憶なんてさっさと話すし、その上で結婚なんて知りません、自分で言ったことなんだから勝手に罰でも受けてくださいゆうて放り出すで』

一気にまくしたてられる。言われながらそんな眞白を想像してみて、ちょっとだけおかしい気持ちが生まれてしまった。笑いそうになって絵皿に睨まれた、気がする。

『プロポーズしたのは自分やん』

「いやそうだけども。でもこう……なんていうか、恋愛じゃなくてどっちかというと同類相哀れむ的な」

『そやね。けどそれは十五年前の話やろ』

もし絵皿が人になったら、同い年ぐらいだろうか。それともすこし上の、姉みたいな存在だろうか。

膝の上の彼女が、隣に座っている気がした。牡丹の着物を着て、上がり框に両手をついて腰かけて。私のほうを見ながら、優しく微笑む。

『眞白やって、十五年前と今はちゃうんちゃう？　だって四歳やろ、そんな子に結婚しよう言われて本気になったとは思われへん』

でも。と彼女は続けた。

『大事なのは今や』

店のなかを、温かい風が通り抜けていった。顔を上げれば所狭しと並んだ古道具たちが、窓や入り口からの光を受け、穏やかに輝いている。

『ええやん、最初は同情でも。情は情。そこからなにかが芽生えたなら、育てんのも悪ない。それに』

初めてここに来たときは、薄暗くて、埃っぽくて。どの古道具も寂しくただ並んでいた。

眞白も、同じように。

『相手がもののけとか、神とか、幽霊とか。そんなん恋愛のええスパイスやん』

「ものすごくいいように言ったね」

思わず笑ってしまう。ええスパイス。そんなカレーみたいに。

『障害があるほど恋は燃えるんやで』

「いやー、燃えなくてもべつに」

『なんでなん、もったいない。あんなイケメンなうえ、紅緒にむっちゃ優しいんやろ。あ、もしかして愛されるより愛したい派？』

「いやいやそんな派閥は知らないけども」

明るい笑い声が、私のなかに響いていく。

彼女の優しさや気遣いが次々に降り積もって、ゆっくりと支えてくれる。

お守りが、あの櫛が消えてしまってもその想いが残るように。祖父が死んでしまっても思い出がいつまでもあるように。

いろんな記憶と優しさが、私を支えてくれている。

私も、そんな風になれるだろうか。誰かを――眞白を、支えていけるだろうか。

「ここにいましたか」

ふと、背後から声をかけられた。振り向かなくても誰かはわかる。

眞白は朝食後、用事があるからと出かけていた。いつの間に帰宅したのか、それには気づかなかった。

振り返ると、鼠色の着物に身を包んだ、美しい、もののけがいた。

べつに姿形が変わったわけではない。初めて会ったときとなんら変わらない、眞白の姿だ。十五年前と変わらず。

十五年。

私は背も伸び、子どもから大人になった。

一週間前にゆららに来たとき、眞白は私を抱き上げた。四歳のときとは全く違う感覚。

昨日の私はそれを恐れた、と思う。

変わらない眞白、変わってゆく私。

もののけと、人間。そんな私たちが、この先どうしていくのがいいのか。

わからない。未来のことなんて、まだ予想すら出来ない。婚約破棄するのか、結婚するのかなんて。

でも、今は。

「紅緒、一旦帰宅してはどうですか」

「え？　あ、ああ。そういえば」

眞白は背筋を伸ばして立ったまま、いつものように丁寧にそう言った。

言われるまですっかり忘れていた。大学も行けていない。スマホは使えたからときどき連絡はしていたとはいえ、祖母を心配させてもいけないだろう。

眞白と離れることが出来たのに、ついうっかりここで過ごしていた。

「そうだね。一度、帰らなきゃ」

『気をつけてな』と言ってくれる絵皿を元の位置に戻し、荷物をまとめにいく。たいしたものはないし、広げていたわけでもないのですぐに支度は出来た。

「また来るから」

ボストンバッグを持って、ゆららの玄関に立つ。

玄関戸の向こうの光を浴びて、見送りに立つ眞白の髪が、きらきらと溶けていた。その顔には、今までにないぐらいの、優しさに溢れた笑みが浮かんでいる。

「またすぐ……会いに来るから。そのときに婚約について――」

「紅緒」と名を呼ばれた。私の言葉を遮って。

「ひとつだけ、願いを聞いてください」

「……願い？」

唐突な申し出に、疑問符が浮かぶ。

同時に、密かに感じている違和感のようなものが、ずんずんと近づいてくる気配がした。

聞いたら、なにか起こるのだろうか。なにか、変わるのだろうか。

じっ、とその顔を見る。

「……わかった」

考えてもわからない。それに断ることでもなかった。

だって、私は。

私の答えに、眞白はふんわりと笑ってくれて。

あっという間に、彼の腕のなかに、私はいた。

着物に焚きしめられた、白檀の香り。あのときと、なにも変わらない。そう、ちょっと

私の、背が伸びたぐらいだ。わずか十五年、経っただけだ。

「再会出来て、嬉しかったです」

耳元で静かに言われる。

「ありがとうございます」

その言葉。

私がなにか応える前に、そっと身体を押された気がした。強い力ではないのに、その勢いで私は出入り口を跨いでしまう。

ふわっと、風が吹いた。白檀の香りが、消える。

「いや、いきなりなに……って、あれ」

天気がいい。青空には雲ひとつなく、もうすっかり夏の日差しとなった太陽が頬を灼いてゆく。真上にあるそれが、もう昼だと教えてくれる。

なんだ、と振り返る。

そこにあるのは、古い民家だ。個人宅にしては大きいが、とくに看板もなにもない。年月を経た玄関は閉まっており、人気《ひとけ》もなかった。

――ここは、どこ。
なぜか私は大きなボストンバッグを持っている。
どうして、私はここに立っているのだろうか。
ここは、どこなのだろうか。
風が吹く。遠くで鳥が鳴いた。
容赦ない日差しだけが、これは現実だと教えてくれていた。

とことわのもの

ため息すら出なかった。自分の部屋のベッドに倒れ込む。

ちょっとへたれた枕、夏用の薄い肌掛け、いつもの洗剤の香り。その全てが〝久しぶり〟に感じてしまう。

枕元に転がったスマホが視界に入る。

地図アプリで確認すると、上賀茂神社の近くだということがわかった。最寄りのバス停からバスに乗り、家に辿り着くまでに必死に考えた。なぜあそこにいたのか、一体なにをしていたのか。

それでもなにひとつ思い出せない。なにかを届けようとしてバスに乗ったのが最後の記憶。しかしなにを届けたのか、どこに向かっていたのかは出てこない。恐ろしいほど、覚えていない。

帰宅すると祖母が旅行から帰ってきていた。スマホでも何度も確認したけれど、間違いなく一週間経っている。

だけど、私のなかでは一週間が過ぎていない。

ついさっき、借りたものを届けにバスに乗ったばかりだ。なのにその借りたものさえ思い出せない。

ぽこっと抜け落ちてしまった感覚。そう、四歳のときの神隠しと同じ。

でもあれは私が自分の意思で母から逃げただけ。途中迷子になったのか、誰かに助けられて祖父母の人見道具店へと辿り着いた。そう、母に『あんたさえいなければ』と言われて――。

そこまで考えて、胸をぐっと摑まれたような感覚に襲われる。

なぜ、それを思い出しているのだ――。

今まで私は、神隠しの記憶を一切持っていなかった。あったのは喪失感だけ。神隠しという言葉が意味するなにかがあったのだろうという、客観的な事実だけだ。

なのになぜか今は知っている。

あの日、迷子になった私を見つけてくれた人がいる。その人のおかげで、私は母から離れ祖父母と暮らせるようになった。

――あれは、誰？

強烈なもどかしさが胸を襲う。

知っている。私はその人を知っているはずだ。だってとても大切な――大事ななにかがそこにある。あるのに、なにも出てこない。

思い出す。私は母とうまくいかず……いや、母から虐待を受けていた。そうだ、そうだった。でもそれはもういい。引き取ってくれた祖父母に大事にしてもらった。そしてそのことを忘れていられた。

もし、覚えていたままだったら？

どんなにふたりが私を大切にしてくれても、自尊心は育たなかったかもしれない。自分はいらない子なのだと思い続けていただろう。やがて吹っ切るときが来たとしても、今の私とは違った生活をしていたかもしれない。

いらなくはないのだと、私を待ってくれている人がいるのだとわかっていたとしても。

——待ってくれている人？

それが、迷子の私を見つけてくれた人だろうか。でもなんで？　どうして私を待っていると？

頭のなかがぐちゃぐちゃと混乱していく。落ち着かねば、とベッドの脇に置いたままだった鞄からお守り袋を取り出す。祖父が「神様が紅緒にくれはったんや」と渡してくれた、大切な櫛。

が、その袋を手にした瞬間、違和感に気づいた。布の感触しかないのだ。

中身が入っていない。

慌てて袋の口紐を解く。

空っぽだった。鞄の中身もひっくり返したがない。なくしたのだろうか。でもあの櫛を出したことは今までなかった。ずっとこの袋に入れたまま、大切に持ち歩いていたのに。

握りしめたそのお守り袋から、白檀の香りが漂った。ふんわりとした、微かな香り。懐かしい、思い出の香り。

その香りのおかげか、失くしてしまったという焦りや哀しみが消えていく。違う、そうじゃないと教えてくれる。

あの櫛は。

あの櫛は、なにか私に大切なことを――。

やはり、思い出せない。

忘れたいようなことがあったのだろうか。

いや、そうじゃない。だって、私は気になって仕方がない。

大切ななにかを置いてきてしまった、気がする。忘れちゃいけなかったのに。

なにか、約束したのに。

『ええか、紅緒。思い出はものすご大事なんや』

祖父の声が蘇った。

『けどな、忘れたってかまへん。いや、忘れるゆうのはちゃう、思い出さなくなるだけや。思い出さなくなってもな、思い出は消えへん。なくならへんのや』

いつもそう語ってくれた。私に言い聞かせるように。何度も。

本当に？　本当に消えていないのだろうか。

この一週間のことは、思い出さなくなっただけなのだろうか。なくならずにあるのだろうか。

逸る気持ちをどうすることも出来ず、ベッドに再び倒れ込む。どうしたというのだろう。神隠しのことを思い出したのに、ずっと心の奥底にあった喪失感のようなものは消えていない。代わりにこの一週間の記憶を失って、倍増したような気さえしてしまう。

どうして思い出したのだろう。この一週間に、なにがあったのだろう。

私はなにかを犠牲にして、神隠しの日の記憶を取り戻したのだろうか。

なにかが引っかかる。いや、つかえている、というほうが近い。足りていない。そうだ、なにかが足りていない。

息を吸って、吐く。

どうしたらいいのだろう、と枕に顔を埋めた。

こんなとき、話を聞いてくれる人がいたら——祖父の顔が浮かんだって、もうそれは出来ないことぐらいわかっている。

祖母には……話せない。余計な心配はかけたくないし、母との記憶を思い出したと伝える必要もなかった。

あ、と声が出た。顔を上げる。カーテンを引いたままの薄暗い部屋のなか、机の上の写真が目に入る。

人見道具店の閉店の日、店の前で三人で撮った写真だ。店では新品と共に、古道具も扱っていた。

古道具。私が触らないようにしていた、苦手なもの。

うちにある、唯一話せる、彼なら。

そう思って私は、深く息を吸った。

深夜、祖母が床に入ってしばらくしてから、私は静かに階段を下りた。目的の部屋は裏庭に面していて、祖母の部屋の隣にある。

夕食にもその後の甘いもののタイムにも、祖母の旅土産が並んだためか、賑やかな時間を過ごせたと思う。今は遠くに引っ越してしまった友人と食べた牛タン、一度見てみたかったという厳美渓《げんびけい》の空飛ぶ団子、本当にどこまでも金色の中尊寺《ちゅうそんじ》金色堂《こんじきどう》。そんな話をたくさん聞かせてくれて、話し上手だからどれもおもしろくて、おかげでその間は心に渦巻く不安から目を逸らすことが出来た。

ただ祖母に「で、紅緒は金沢旅行どうやったん？」と聞かれたときは嘘をつくしかなかった。

たしかに、祖母には「友人と金沢に旅行に行ってくる」という連絡を入れていた。まるっと作り話はしたけれど、詳細を曖昧に濁したためか祖母には「もしかして彼氏と行って喧嘩でもしたん」と言われる始末。彼氏なんてと笑ったけれど、どうしてかそれがまた、胸にしこりを生んだ。

足取りがどこかふわふわしてしまう。緊張というか怖々というか落ち着かない。そういえば以前もこうやって夜中に階段を下りたような気がする。そのときも、誰かに話をしにいったような――。

またただ、と目を瞑る。

昼間から繰り返している朧気な記憶。ちらりと見える気はするのに全く摑めない。じりじりして仕方がなかった。

一階は暗かった。廊下の電気ぐらい点けようかと迷って、やめておく。見えないわけじゃないと、彼が待つ部屋へとそっと忍び込んだ。

裏庭に面する大きな掃き出し窓にはカーテンが引かれていた。音を立てないようにそれを開け、網戸にした。温度の下がった風が入ってくる。月は見えないけれど、どこかにいるのだろう。月明かりの景色が、浮かんで見えた。

ゆっくりと、振り返る。

壁に沿って置かれた古箪笥が、窓からの月明かりを受けていた。

祖父が子どものときにはすでにあったという和箪笥。漆塗りらしい深い茶色に凝った装飾の分厚い金具の黒。細かいことは知らないけれど、古くとも重厚感がある綺麗な箪笥だった。

この家で、唯一喋る、道具。

もう十年以上触れていない。べつにこの古箪笥が嫌なやつだというわけじゃなかった。お喋りで軟派な感じはあったけど。兄貴面して喋り出したりするし。

まだ、話してくれるだろうか。

緊張や不安は、そこに起因していた。

息を吸う。大丈夫、と。

ゆっくりとその古箪笥の横へ行き、並んで座るように腰を下ろした。右手で側面に触れる。

『むっちゃ久しぶりやん。こんな夜中にどないしたんや思うてたら、え、どないしたん』

その瞬間、記憶のなかにある通りの声が聞こえてきて、思わずびくっとしてしまった。

横の篳笥をまじまじと見てしまう。人の形をしているわけでもないのに、なぜかそこに愛嬌のあるすこし年上の男性の顔を思い浮かべてしまう。

「えっと、その……いきなり、ごめんというか。今までごめんというか」

『は？　なんでいきなりごめんなん？　紅緒はなんもしとらんやろ。それともなにか、俺の知らんとこで実は処分の検討しとるとか』

「いやいやいや、そういうんじゃないから。捨てないし」

『ほんならよかったわ。んで、もっかい聞くけどどないしたん？』

まずは今までのことを、と思ったけれどすっかり彼のペースに乗せられてしまった。笑いそうになってしまって慌てて声を抑える。でもそのあっけらかんとした明るさに救われる。

「うーん、ちょっと、話がしたいというか。聞いてほしいというか」

『なんや珍しいなあ。ほなちょっとお兄ちゃんが聞いたろ』

「お兄ちゃんて」

『そやったら彼氏でもええで』

どうよ、と優しい笑い声も聞こえてくる。相変わらずな調子に私も笑ってしまった。

「いや、篳笥だし」

『ええやん。障害があったほうが恋は燃えるやろ』

ちりっと、頬が焼ける。こんな話、前にもしたような。どこで？　そんな恋愛の話なんて、誰としたのだろう。

『……お、紅緒？』

「え、あ、ごめん」

『どしたん、え、実はちょっと本気になってもうた？』

そう言われて、一瞬なんのことかとクエスチョンマークが浮かび、数秒遅れてため息が出た。

「違います」と言うと『残念』と返ってくる。その軽薄さが小さいときはなかなかわからなかった。さすがに以前は、こんなナンパみたいなことは言わなかったけれど。

その優しさに甘えさせてもらって、私は神隠しの記憶を取り戻したこと、一週間分の記憶がないことをぽつぽつと話し始めた。

『ああ、覚えてんで。そうかあ、思い出したんや』

ひととおり話し終えたところで、古簞笥がそう言った。

「私が来た夜のこと？」

まだ人見道具店に住んでいた頃、この古簞笥は隅の小さな部屋に置かれていた。

いいや、と彼は答える。

『俺が知ってんのは、留吉が泣いてたってことや』

「おじいちゃんが？」

『そや。夜中に部屋に来てな。一度ちゃうで。誰にも見せたくなかったんやろ。悔しそうにな。すまんかった、って言っとったで』

窓からささやかな風が入ってきた。

『べつに俺になにかを語ってくれたわけちゃうから、その心情は知らんで。紅緒は話せるけど、あいつは違っとったし。篳篥はただ見てるだけや』

「……誰に対してのすまんかった、なんだろ」

窓の外を見る。暗く、なにも見えやしない。

『んなもん、紅緒やろ』

私のこぼした言葉に、古篳篥が即座に返してきた。それはな、桜子《さくらこ》ちゃんもやで、と祖母の名も出して続ける。もっと早くに強引にでも引き離せばよかったって、と。

『まあ、紅緒のおかん……桃子《ももこ》やな、桃子が言うには夫が浮気して、向こうが妊娠したと』

「え、なにそれ」

『ほんまかどうかは知らんで。んで夫は桃子と紅緒を捨ててあっちを取ったと』

「うわー……私の父親って、クズだね」

思わず本音をこぼすと、古篳篥が笑ってくれる。母の事情をここから聞くとは思わなかった。父親のことは、本当になにも覚えていないし恩義もないせいか、知ったところで他人事のようだった。

『でもな、それは紅緒に関係ないやん』

けれど、続いた言葉にはっとする。

『どんな理由であれ、紅緒をないがしろにしていい理由にはならん。それは留吉も言うてた。そか、紅緒は留吉の鬼のような形相を見たのは忘れたままなんやな』

「そんなに」

『あれは凄かったでー。家の窓ガラス全部割れるんちゃうかと心配したわ。留吉に限って手を上げたりすることはないやろとは思ってたけど。紅緒はお前のもん違う！　紅緒は紅緒や！　お前の都合で好き勝手すな！　って。まー、凄かったわ』

喋り散らすような声を聞いていると、お腹の底に沈んでいた重たいものが消えていく。

隣にいるのは古い箪笥なのに、私の頭のなかにはちょっと軽薄そうな男性の姿が浮かんだ。二十代で、髪の毛は明るい色で、くるくると表情を変えて楽しませてくれそうな人。

「あの部屋でおじいちゃんがそんな話してたの？」

『いや、まさか俺がいたあの狭い部屋でそんな話せんやろ。居間ちゃう？』

「え、だって鬼のような形相って」

『んなもん、言葉の綾や。綾。さっきも言うたやろ、俺は箪笥やさかい、ただ見てるだけ』

「見てないやん」

『見てへんな』

一瞬、間が空いて、古簞笥が笑った。私も笑ってしまう。

『なあ紅緒』

明るい声のまま、古簞笥が私の名を呼ぶ。

『紅緒は、紅緒が一緒に歩いていきたいと思う相手と行けばええんよ』

今度は先ほどよりも幾分か強い風が入ってきて、頰をくすぐっていく。

『血が繫がってるとか繫がってへんとか、事情があるとかないとか、そんなん関係なしに一緒にいたいと思う相手といるべきやねん』

「そういう相手がいなかったら？」

『ひとりでもべつにかまへんやろ。ま、おらんのなら俺がいるさかい、安心し』

さらっと言われて、思わず隣を見る。

『ちょっとドキッとしたやろ？』

その顔が想像出来て、ため息が出てしまった。

申し訳ないけど、私には。

――わたし、には？

「……私が選ばなかったら？　もう必要なくなって、処分したり誰かに譲ったり」

『なんや、哀しいこと言うなあ』

「あ、ごめん」

『ええって。わかってるから。そやな、そら哀しいけど、そん時はそん時やろ。ものは壊れるもんやし、しゃーないってわかっとる』

それに、と古箪笥が続ける。

『それでも俺は、紅緒の幸せは祈っとるさかい』

温《ぬる》い風が吹き込む。古箪笥と私を濯ぐように。

そうだった、と息をつく。

彼らはこんなにも、私たちのことを想ってくれている。そう、だからもう、恐れる必要はない。苦手だなんて、思わない。

『その一週間に、なにがあったんやろな』

「え？」

『紅緒が俺に触るのなんて久しぶりやろ。それどころか、近くに来るのやって滅多なかってんで。それが話聞いてほしいて』

驚いたわ、と古箪笥が柔らかく笑った。

たしかに言われた通りだ。前は古道具に限らず古いものは苦手だったし、出来る限り避けてきた。

だけどもう大丈夫な気がする。根拠はないけれど。

「……思い出せそうで、思い出せなくて」

ぽつりこぼすと、優しい声が隣から聞こえてくる。

『うん、それはしんどいな。でもまあ、伊達に長生きしてない俺が思うに』

「長生き……そういえば何年……何歳ぐらいなの？」

『ん？　歳か？　あー、まあ俺が出来たんはざっと百年前ぐらいなんちゃう？　知らんけど』

「知らないんだ」

『そら、昔はただの箪笥やったし。とりあえず留吉のおかんの嫁入り道具やさかい、それぐらいなんちゃうかな』

そうだったのか、と頷く。随分と長い間大切にされてきたのだろう。

「だから喋るんだね」

『だからって？』と古箪笥が聞き返してきた。

「いやだってほら、大切にされた道具は……なんだっけ、命？　霊性？　みたいなのが生まれて、って」

説明を聞いた、気がするのだけど。

誰に、どうして。それがわからないことに気づく。そもそも古道具の声が聞こえることだって、知っている人は祖父亡き今、他にいないはずだ。

『そうか』

古箪笥が優しく笑った。そういうのに戸惑ってるんやな、と。

『ええんちゃう？　気になってるなら、気にしとき』

「え？」

『紅緒より長生きしとる俺が保証したる。気にしてるうちが花や。どうでもええことやったらさっさと忘れるし気にせんやろ。それが紅緒は忘れてしまったにもかかわらず、気になってしゃあない。やったらそれでええんよ』

「ずっとこのまま、ってこと？」

言わんとすることはわかる。

『それはわからん。思い出せるかもしらんし、ずっとそうかもしらん。けども』

古篁筍が笑顔を見せてくれた気がした。大丈夫だと。大きく。

『なかったことにはならん』

隣にいるのは道具なはずなのに、右手にはそのぬくもりがある気がする。

『それに紅緒はちょっと変わったしな、ええほうに。少なくとも、俺にとっては嬉しい』

にっこりと、朗らかに。

『難しく考え過ぎや。もっと気楽にどーんと構えとき。必要なもんは、向こうから来てくれるわ』

「来てくれるかなあ」

彼がいてくれてよかった。そして言われた通り、変われてよかった。そうじゃなければ、きっと私は古篁筍に話しかけなかっただろう。そう思えば、たしかに私の一週間はなかったことにはならない。

『来んかったら、自分から迎えにいったらええだけやん』

なぜか兄貴面して喋る、とずっと思っていたけれどそれがとてもありがたいことだったのだと、今さら気づく。ずっといたのに、家族が増えた気がして今ようやく嬉しい。

「その迎えに行き方がわからないから苦労してるんですけど」

私の反論に、彼はあははと笑って返した。そんなん俺やって知らんよ、と。

でもそれでいい。答えがほしかったわけじゃない。私は誰かに話を聞いてもらいたかったんだ。

『ああ、そや。俺のな、一段目の引き出し、開けてみぃ』

え？　と顔を上げる。この箪笥は祖父母の服がしまってあるから、一度も引き出しを触ったことがない。

言われるがままに立ち上がり、その取っ手に手をかけた。

ふわっと舞い上がる、樟脳の匂い。

引き出しの一番上には、赤い半纏が丁寧にしまわれていた。なぜか猛烈に懐かしさが込み上げてきて、それを手に取り広げる。

小さい。子ども用だろうか。古い着物を仕立て直したようで、赤い花柄の生地と朱色の麻の葉模様の生地を継ぎ接ぎにしてあった。見たことがないのに、覚えがある。

『留吉が大切そうにしまっとったわ。たぶん、紅緒が着てたんやろ』

古箪笥がそれだけ言った。

きっと、神隠しのときに着ていたやつだ。ただ母に捨てられたときは薄着だったから、着せてくれたとしたら私を見つけてくれた人――祖父の言う、神様。

祖父はこれをどんな思いでここへしまったのだろう。忘れてしまった私が思い出さないようにだろうか。それとも、神様からのものだから大事にしようと思ったのだろうか。

もうそれを知るすべはない。

赤い半纏を抱きしめる。小さくて、虫除けの匂いがして、正直肌触りはあんまりよくはない。

息を吸う。

大丈夫、なんて思えないかもしれない。この先もずっと喪失感ともどかしさを抱えていくのかもしれない。

それでも、やっぱりなかったことにはならないから。

「ありがとう」

そう呟く。古簞笥である彼が笑う。

ほんのすこしでも、どこかには進めている気がして、私は息を吐いた。

六月も半ばになると、暑さが増してきた。加えて本格的な梅雨が始まり、じめっとした空気が肌にまとわりつく。

あれから三日、私はなにひとつ思い出してはいなかった。わかったことは大学には一度も行っておらず、友人等には「ちょっと用事があってしばらく休む」と連絡していたということだけだった。

雨上がりの午後、大学からの帰りに北大路駅上のショッピングモールにある本屋に寄って本を買った。外に出れば雲間から青空がのぞいている。夕暮れにはまだ早い。とはいえとくに用事も他にないから帰ろう、と思っていたときだった。

「紅緒！」

突然大声で名を呼ばれた。誰だとショッピングモールの入り口を振り返ったが見知った顔はない。

が、振り袖を着た少女が明らかに私を見て小走りで近寄ってくる。

「ようやっと見つけたわ」

誰、と思うと同時にその少女は私の目の前で止まった。振り袖はなかなかに派手だが全体的にどこか古い……レトロ感がある。同世代かとは思うけれど、その顔には全く見覚えがない。

「えっと、すみません、どちら様でしょうか」

戸惑いしかなかった。人違いじゃないですかと言いたいけれど、呼んでいたのは間違いなく私の名前だ。

振り袖の少女は私の顔をじっと見てから、悲しそうに笑った。

あまり人を覚えるのは得意ではない。どこかで会ったことがあるのだろうか。しかしきりっとした眉も長い睫に縁取られた丸い瞳も、赤い口紅がよく似合うその雰囲気も、一度見たら忘れなさそうな気もする。

少女が小首を傾げた。ふわっと白檀の香りが漂う。

「……牡丹《ぼたん》」

誰だったっけ、と思い出すために彼女を観察していたら、その振り袖に描かれた大振りの牡丹の絵が目に入った。最近、牡丹をどこかで見たような気がする。そんな気がして胸が騒いだ。

「そうや、うちは牡丹。紅緒の友だちやん」

「え？」

まさか名前を当ててしまい、さらに友だちというフレーズにますます戸惑った。

牡丹はにっこりと笑う。とても綺麗で、茶目っ気たっぷりに。

「な、せっかくやしちょっとお茶でもしよ」

やっぱり記憶にない。ということはもしやあの一週間のうちに出会った子だろうか。そう考えているうちに、牡丹は私の手を取り引っ張った。

言われるがままにすぐ横のファストフード店に入り、私たちはテラス席に座った。京都で若い人が浴衣や着物で観光したりするのは、近年そう珍しい光景でもなくなった。しかし振り袖となるとやはり目立ち、周囲の注目を集めている。

「うちこういう店初めてやねん。嬉しい」

それでも当の本人は気にしていないらしく、ひたすらに楽しそうだった。ストロベリーシェイクを頼み、一口啜り、その味にきゃっきゃとはしゃいでいる。

とりあえず、悪い人ではなさそうだなとは思った。いや、もしかしたら新手の詐欺かもしれないけれど。あえて人通りのある路面で、油断させるとか。

「元気してた？」

ただその無邪気な瞳を見ていると、なぜか大丈夫そうだなと思えてくる。

「ごめんなさい、その……どこでご一緒しましたか」

アイスのカフェラテを頼みはしたものの、なかなか飲めない。冷えた紙コップに浮いてくる結露が指先を濡らしていく。

牡丹と名乗る少女は、ストローをくわえたまま私を見つめてきた。袂がすこし下がり、細くて白い手首が出ている。その先に、傷跡のような線が出来ているのが見えた。

「すみません、私、どうも覚えてないみたいでして」

やはり記憶のない間に出会った人なのだろうか。もしそうなら、話しているうちに思い出せやしないだろうか。

「ええよ」と牡丹は優しく微笑んでくれた。

「しゃあないもん、わかってる。でもな、うちにとっては初めて出来た友だちで、大切な人やから」

その声も、決して私を責めるようなものではない。どこかで聞いたことがあるような、明るくて屈託がない声。

ちりちりと、頬が、耳元が焦げていく。

「もしかして先週……数日前に話してます？」

しかし彼女は答えてくれなかった。代わりににっこり笑って、視線を右へと動かす。つられて私もそちらを見ると、鹿撃ち帽を被った男の子が歩いていた。

牡丹と同じく、どこかレトロ感のある子だ。サスペンダーに半ズボン、紳士用と思われる洋傘を抱えている。

ざわっ、と胸のどこかが粟立つ。

男の子はベンチに座り、鞄からアルミホイルの塊を取り出した。なにかと思えばおにぎりで、その子の顔の半分はありそうなほどに大きい。

「ね、紅緒の大切な人って、誰？」

このあたりは塾も小学校もあるから、十歳前後の子が歩いているのも珍しくはない。その大きなおにぎりも、塾前の腹ごしらえかもしれない。なのにどうしてか、その子が気になった。牡丹に話しかけられようやく視線を戻す。

「大切な人？」

いきなりの質問に頭が追いついていかない。唐突すぎて繰り返すことしか出来なかった。

「そう。家族とか恩人とか……好きな人、とか」

その問いに祖父母の顔が浮かぶ。続けて古簞笥が出てきて、でも彼は喋るとはいえ簞笥で人じゃない。好きな人なんて、ここしばらく――。

　人じゃない。好きな人。

　胸が騒いだ。牡丹の声も、あの男の子も、なぜか知っているような。

　そう思って再びベンチに目を向けてぎょっとしてしまう。今度はその隣に、時代劇から抜け出てきたような男性が立っていた。尻端折りをした和服姿で頭は髷だ。どちらかというと職人っぽさのある佇まいで、鉢植えを抱えている。しかも季節はずれの白い椿だ。

　なにかが私を駆り立てる。心急く気がして、落ち着かない。もう喉元までせり上がってきているような気がするのに、一歩足りない。届かない。

「紅緒」

　そっと、牡丹の手が私の手に重ねられた。ひんやりとしたその温度に彼女の手を見る。

　驚くほど滑らかな手。

　まるで、陶器みたいな。

「あ」と声が漏れた。

　牡丹の絵柄。傷跡――金継。

　目の前の少女が笑う。その顔は想像していただけだった。だって、彼女は絵皿だ。

　途端、体中の酸素が足りなくなるような、血液が逆流したような、激しいものが私を襲う。

　そうだ、そうだ、そうだ。どうして忘れてしまったのだろう。そう叫んでしまいたいぐらいの猛烈な感情が沸き起こる。

眞白。

その顔がはっきりと浮かぶ。

私は二度も、彼のことを忘れたのだ。

「紅緒」

再び、牡丹が私の名を呼んでくれた。その冷たい指先が、私の気持ちをすうっと落ち着けてくれる。

「思い、出した」

そう口にして、ベンチを見た。そこには笑顔を見せてくれる亥之助と銀次、商羊がいる。

私は彼らと一週間、過ごした。上賀茂の『古どうぐや　ゆらら』で。そこでたくさんの古道具たちと出会い、つくも神と話し。

神隠しの記憶を、取り戻した。自らの意志で。

そして私に思い出させまいとした、眞白の優しさに触れた。

眞白。

そう、私は彼に結婚を申し込み、彼はそれを破棄した。

「ねえ、紅緒。今、どうしたい？」

今、どうしたいか。

その問いに顔を上げる。カフェラテの紙コップが、すっかり濡れそぼっていた。

たしかに忘れはした。思い出せなくて、この数日間はずっとやきもきした。無理かもしれないとも何度も思った。もしかしてこのもどかしさすらいつか消えるのかもしれないと不安だった。

　でも、なかったことにはならなかった。

　そう。私のなかに、ちゃんとある。

「眞白に、会いたい」

　もう迷わなかった。難しく考えることなかった。

　今、どうしたいのか。それに素直に従おう。そう思って出てきたのは、会いたいという気持ち。

　牡丹が頷く。にっこりと笑って。

　そこからは早かった。牡丹は「そやったら善は急げってやつやね」と立ち上がり、またしても私の手を引く。テーブルを亥之助が手際よく片づけ出す。「やっときますよ」と笑う彼の顔がどこか誇らしい。

　ほら、と私は促され、北大路通りを東へと向かった。

「ねえ、牡丹……って、あの絵皿？」

　振り袖を着て草履を履いているにもかかわらず、牡丹の足取りは軽くて早い。前を行く彼女に訊ねると、赤信号をもどかしそうに止まって振り向いてくれた。

「そや。うちはあの絵皿」

「人に……その姿になれるようになったの？」

たしか彼女はまだ霊性を獲得して日が浅かったはず。それがどうしてと問う私に、彼女はにっこりと笑う。

「今回だけって灯青に交渉してん」

「今回だけ？」

「そ。ていうかな、みんなして酷いと思わへん？」

やにわに話題が変わる。口を尖らせた牡丹が私を見た。

「えっと、酷いというのは」

「みんな知っててんで。店出たら紅緒の記憶なくなるの。なのに誰も止めへんし。ルールやからって。そんなん納得いかんやん。なんで誰も紅緒と眞白の幸せを考えへんのかって、うちむっちゃ腹立って。しかも眞白に至ってはいいですの一点張り。あんな頑固もん、初めて見たわ」

信号が青に変わると、牡丹はまくし立ててるように喋りながらすたすたと歩き出した。私の手を離すことはせず、自然とまた引っ張られる形になる。

「だったらうちが迎えにいく、て言うたら、それはルール違反やって。なんなんルールルールって」

そんなもんいらんやん、と思い出して怒っている。

「けどな、本心はみんな違ってん」

「え？」

気づけば亥之助と銀次が追いついていた。商羊は銀次が持っている。

「ほんまはみんな、紅緒と眞白に幸せになってほしいんよ。だからここにいる。まあ、灯青は自分たちから思い出すように仕掛けてはならないとかなんちゃら言うてたけども」

牡丹が笑った。屈託なく。嬉しそうに。

胸がきゅうっとして、一杯になってしまう。

「どうして、そこまで」

声が掠れてしまう。

賀茂川の手前までやってきて、また赤信号に足を止めた。まっすぐの道の向こうに、東山が見える。

「どうしてって」牡丹は目をぱちぱちさせる。

「友だちだからよ」

なに言ってるの、当たり前じゃない。

そんな風に彼女が言った。鮮やかに、天真爛漫に。

同時に、彼女の艶やかな振り袖の牡丹が、端からおもむろに消えてゆく。

「え、なんで」

ただの白地へと変わる着物に驚く。牡丹の顔を見れば、麗かな笑顔。

「ギブアンドテイク、ってやつ」

「それって」

「灯青に人の姿にしてってお願いしたやろ。だからその代わりに、うちは絵皿としての絵をな」

その顔は晴れやかだった。姿が変わったというのに、清々しい。けれど彼女が絵皿に戻ったときの姿を想像してしまう。あの牡丹の絵は消え、金継された白い皿へと。

思わず銀次を振り返った。彼は罰として、鋏なのに切れなくなってしまった。牡丹は絵皿なのに、飾られるものなのに、その絵がない。

「なんで……私、なにも返せないのに」

どうしてそこまで、と心の底から思う。そう、あの櫛も。ずっと私の側にいてくれた櫛だって。

「なに言うてんの。うちはすでに紅緒からもらってんの。な、銀次もそうなんやろ」

「ええ、あっしはお嬢さんのためならなんだって」

「あ、僕だけ仲間外れみたいな流れやめてください。僕だって紅緒さんには……お世話になって……ええと、ほら、眞白様のためにも……」

「そこで口ごもったらあかん、亥之助」

なんにせよ、と笑いながら牡丹が継ぐ。

「見返りなんて求めへんのが、愛ちゃう？」

青信号を渡って、北大路橋を行く。半分過ぎたところで、向こう岸に灯青の姿を見つける。

「紅緒やって、そやろ?」

牡丹が笑った。銀次は深く頷き、亥之助は「そうですよ」と言ってくれる。

「難しく考えすぎなくて、ええんよ」

弾むような声が私を押してくれる。

思い出す。あそこには、人を想う道具たちがいた。

たとえ喋れなくとも、大切な記憶を呼び起こし、見守ってくれるものたちがいた。文句を言いつつも面倒見のいいもののけも、ノリのいい神様も。

本当は誰かと生きたくても、怖くて出来ないもののけがいた。

どうすべきなのかは、まだわからない。正解なんてきっと一生出てこない。

でも、今は。

今は、とにかく眞白に会いたい。

「まさか本当に連れてくるとはねえ」

北大路橋を渡りきり、賀茂川の河川敷に下りると灯青が呆れたように笑っていた。私を含め全員の顔を見て、やれやれと目を細める。

もうすぐ夕暮れ。いつもならこの時間帯の賀茂川は散歩の人も多いのに、なぜか今日は静かだった。それでも川面にはカモが泳ぎ、サギが獲物をじっと狙っている。蟬の鳴き声も聞こえてくる。

川上からの風が吹く。じめじめとした空気を振り払うように。

「思い出したんだね」と灯青が言う。

「はい」と私は頷き返した。

「前に言ったと思うけれど、ゆららは百鬼夜行で人の手伝いをしてる、って」

もう一度頷く。百鬼夜行そのものは、つくも神たちの宴会みたいなものだけど、招かれた人間はそれによって失くしたなにかを得ることが出来る、と。

そのときの光景が脳裏に浮かんだ。初めてゆららに入ったときに見つけたのは眞白で、百鬼夜行の日は銀次に触れようとして眞白に阻止された。

そして、あの櫛が最後に見せてくれた、眞白の記憶。

――私が失くした、神隠しの記憶。

全てはあそこから始まった。

「百鬼夜行を見た客は、その記憶を失くしてしまう。神隠しもそうだけど、それはべつに意地悪じゃなくて、人が人の世界で生きていけるようにと、大昔に決まったルールなんだ」

「人が、人の世界で生きていけるように」

私が繰り返すと、灯青はとても穏やかに微笑む。その髪を風が揺らす。

「そう。たまにね、こっちに惹かれてしまって、平たく言えば日常生活が送れなくなる人間ってのがいたんだ。まあ俺がまだ鏡の頃だけど。ここではないどこか――そんな幻想に俺たちの世界はちょうどよかったんだろうね」

でもそういうのは俺たちの本意ではない、と続ける。

「俺らはあくまで道具。人のためにいたいのに、それが反対になってたら、ね。だから、忘れてもらう。俺らのことを。変わったなにかだけを、持っててもらう」

変わったなにか。私にとってはなんだっただろう。古いものに対しての恐怖心？　神隠しの真実？

そう言われても、どうもしっくりこなかった。

「ただ今回は、ちょっとイレギュラーだったよねえ」

私が百鬼夜行で手に入れたものは、そんなものではなかったはず。そう思った矢先、灯青があっけらかんと笑った。

「だからこそ忘れきれなかったのかもしれない。紅緒ちゃんが得たのは」

最後まで言わずに、彼は賀茂川の北へと目を向けた。私もつられて視線を上げる。心なしか、いつもよりも景色がまっすぐに澄んで見える。

「一応伝えておくと、人とものの気は結婚出来なくはない」

日が長くなっていく。世界はまだ橙色に染まり始めず、夏の風が静かに吹く。

「方法はふたつ。人間のまま添い遂げて自分だけ老いていくか、もののけへと変化し人間の世界を捨て共に生きるか。前例がないわけでもないよ。まあ多少面倒くさいことはあるけど、そこは俺がいるから」

すかさず亥之助が「灯青様はそれなりに偉いんで」と小声で教えてくれて笑ってしまう。こんなやりとり、前にもしたなと思い出して懐かしくなる。

ここ数日もやもやしていた胸の内が、どんどんすっきりしていく。考えなくちゃいけないことはたくさんある。灯青が教えてくれたように、これから先のことだって案じなければならない。私と眞白は生きてきた場所が違うから。

今までは。

「もしこのまま家に帰るというなら、なかったことにしてあげてもいいけど」

そう灯青が言った。今度は牡丹の手が私の手をぎゅっと握った。顔を見れば強い瞳で、私を信じてくれている。

「正直、先のことはわからないです」

曖昧にはしない。ここで、きちんと声に出して言いたい。

牡丹も亥之助も、銀次も商羊も側にいてくれる。灯青も店の古道具たちも、猫又の黒豆も。私は彼らのことだって、もう忘れたくないし、なかったことにしたくない。

「でも、眞白にもう一度会いたい。会って、話がしたい」

ただそれだけ。

ひときわ爽やかな風が吹いた。私の頬を撫で、身体を包む。その心地よさに、息を吸う。

「わかった」と灯青が目を細めた。牡丹が頷き、亥之助は喜び、銀次の安堵のため息が聞こえる。

「眞白は上賀茂神社にいるよ。玉依姫に呼び出されててね。彼女の話は長いから、間に合うはず」

　その言い草に私は笑いながら頷いた。そういえば私は玉依姫様の力によって眞白と離れることが出来なくなったのだ。たしかあのときも神格がどうだとか言っていたから、その話だろうか。

「うちらは先に店に帰ってるし」

「眞白様のこと、よろしく頼みますね」

「もしなにかあったらすぐに呼んでくだせえ。あっしが駆けつけますんで」

　みんながそう言ってくれてなんだかくすぐったい。こんな堂々と応援されるなんて中学生でもあるまいし。いや、中学生だってこんなこと――人の恋愛がらみで。

　恋愛。

　初めてその言葉を意識して、体温が上がった。

　これって、この気持ちって、そう、呼んでいいのだろうか。

『紅緒様、ご武運を』

　恥ずかしさ紛れに商羊に触れたら、そんなことを言われて笑ってしまう。ご武運って。戦に行くわけでもないのに。

　ただまあ、あの頑なな御仁を説き伏せにいくのだから、あながち間違いでもないのかもしれない。

そう、あくまでこれは私の気持ち。眞白には眞白の考えと気持ちがあるだろう。だから彼はここには来なかった。

だけど。

迎えが来ないなら、自分から行けばいいから。

ダメならダメで、そのとき考えよう。私は自分の気持ちを伝えよう。眞白にだけ責任を押しつけたままはかっこ悪い。

「じゃあ、いってきます」

みんなの顔を見て、気合いを入れる。上賀茂神社なら、この河川敷をずっと上って行けばいい。空を仰ぐ。柔らかな雲がたなびき、背中を風が押してくれる。

「きっと紅緒ちゃんは、俺らのことも、俺らの世界も隔てなく愛してくれるんだろうね」

別れ際、灯青のそんな言葉が聞こえてきた。

ありがとう。そう、囁くような声が届く。

私は前を見て、走り出す。

あの日、私を受け入れてくれたのは、みんなのほうだ。彼らがいたから、私は今ここにいる。

だからもう、怖くない。私は前を見て、走り出せる。

北大路橋から御薗橋まで。最初こそ人の気配がなかったものの、やがて犬の散歩やジョギング、夕涼みの人たちをたくさん見かけるようになる。梅雨の晴れ間、酷暑とも呼べる京都の夏はもうすぐそこだ。やがてこの桜並木や植物園の木々から、つんざくほどの蟬の鳴き声が聞こえ出す。

スニーカーが小石を跳ねた。大学帰りの鞄を持って、私は賀茂川を走っている。日頃の運動不足が祟って、すでに小走りに近い。息は上がるし、胸は痛い。

それでも、足は止められなかった。

やがて御薗橋が見えたころ、逸る気持ちと落ち着けという思考がぶつかって、ようやく一息吐いた。そういえば上賀茂神社のどこにいるのか聞いていない。

膝に手をつき折っていた身体を伸ばす。顔を上げる。大きく息を吸って、吐く。

それなら探すだけだ。神社にいなければ、ゆらに向かえばいいだけ。大丈夫、たどり着ける。

絶対に、見つける。

河川敷から御薗橋通りに上がればあの大きな鳥居が見える。商羊に案内されたのが懐かしい。あのときは様変わりしていたことに驚いた。景色が変わってしまうのは寂しさもある。でもそれを懐かしいねと語れるならば、消えてしまうわけじゃない。

人だって、景色だって、思い出だって、そう。きっと。

息を整えるようにゆっくりと歩いて、上賀茂神社の鳥居をくぐった。白砂の参道が眩しい。もう日は傾いてきたはずなのに、そこはとても明るかった。

どこだろうか。考えて人気《ひとけ》のないほうに先に行くことにした。

本来ならまず本殿に挨拶すべきだろうけれど、今回だけは二の鳥居からの一礼で許してほしい。後で何度でも挨拶に行くから。

とりあえずこっちだ、と右に曲がる。ただの勘だけど。川のせせらぎだけが聞こえる木々の間を抜けていく。

やがてならの小川の橋を渡ると渉渓園《しょうけいえん》と名がついた場所があった。ぐるりと囲われたエリアだがその出入り口は開いている。

なかを覗かなくとも、隙間からその後ろ姿は見えていた。独り、大木を見上げている。

「眞白」

名を呼ぶ。思った以上に声は小さなものしか出なかった。それでも彼は、振り返る。

その顔を、どう表現したらいいのか、私は言葉を持ち合わせていない。人は驚き過ぎると表情が定まらなくなるのだろうか。でも、言葉に出来ずとも、わかる。

「どうして」とこぼした。

私も、喜怒哀楽の全てがごちゃ混ぜになって破裂しそうだった。なのに、静けさが胸に広がってゆく。

「思い出した」

彼の側に駆け寄る。足は軽い。

「何度忘れても、何度でも思い出すよ」

あの距離まで近づいて、その顔を見上げた。

相変わらずの瞳。水底の静かにたゆたうような、深く深くなにかを待っているようような。

「まあ正直に言うと、手助けがあったんだけど」

ちょっとかっこつけてみたものの、性に合わなかった。笑いながら申告してしまう。

「手助け？　どなたのですか」

「みんなの」

「みんな？」

「ゆららの、みんな」

牡丹と亥之助、銀次と商羊。そして灯青の。ルールだのなんだの言って、結局灯青は甘い。

そしてそれは、きっと眞白だから。

私がまだまだ知らない、眞白の姿がある。だって年の差はそんじょそこらの比じゃない。埋められるかどうかだってわからない。

でも、それでいい。

眞白が、ため息をついたように笑った。呆れているようで、その顔に怒りの気配はない。

「ねえ、眞白」と呼ぶと、彼は私を見てくれた。

「もうひとつ正直に言うと、まだ結婚については考えられない」

ここに来るまでにどう言うべきか悩んだ。

眞白はまだ私を拒否するだろうか。改めて婚約破棄を宣言され、別れを告げられるだろうか。そんな不安だってたくさんあった。

「婚約って言ってもやっぱり四歳のときだし。それに私もまだ十九年しか生きてなくて、将来のことなんて全然考えられてなくて」

情けないけどさ、と笑うと眞白が首を振る。そんなことありませんよ、と言うように。

「だからね、先のことじゃなくて今のことを考えてみた」

息を吸う。大木の葉ずれが、涼やかに広がっていく。

「眞白の側にいたい」

もう一度会いたい、強くそう願った。会って、話がしたい。

自分の気持ちを、伝えたい。

好きだとか、嫌いだとか、そういうのはわからない。これが恋なのか、そうじゃないのか。でもそれって、決めなくてもいいのかもしれない、とも思えた。

「たとえこの先どうなったとしても、今は、眞白と一緒に過ごしたい。そう思う」

もっと、緊張するかと思った。

でも地面にしっかり立てているし、思ったほど体温も上がらないし。

ただ胸の鼓動だけが、ゆっくりと強く私を打つ。

眞白はどうなのだろう。

以前、眞白は先にいなくなる日が来るかと思うと耐えられないと言っていた。その想いを否定はしない。そう思い至る過程があったんだろうし、それは簡単に癒せるものでもないのだろう。

「だけど、私はきっと、先にいなくなる。眞白を置いていく」

そしてこれは事実だ。私が人である限り。灯青はああ言っていたけれど、もののけになるなんてまったくもって想像出来ない。

「でもその可能性って、逆もあるんだよ。なんらかの理由で眞白が私を置いていくかもしれない。人間同士だってそう。私も、祖父と死別して……ものすごく、辛かったし淋しかった」

眞白の瞳が揺れる。長い睫が影を作る。

鳥が飛んでゆくのに合わせて枝葉のこすれる音が響いた。

「それでも立っていられるのは、祖父との思い出があるから。全部覚えているわけじゃないけど、祖父と過ごした時間が消えるわけじゃない。楽しかったことも、褒められたことも、叱られたことも、教えられたことも、共に悩んだことも。だからね」

ふわっと、白檀の香りが風に乗る。

「私も、眞白とそんな時間を過ごしていきたい」

眞白は目を伏せ、ゆっくりとその横に鎮座する大木を見上げた。私も共に見上げる。随分と大きい。一つの根本から太い幹がいくつも伸びている。悠然としたその樹は、ここでたくさんの人々を見守ってきたのだろう。

ゆったりとした仕草で彼は視線を私に戻した。

日も暮れ出し大木の影にいるその瞳が、ゆらゆらと光を携えている。

「あの日――ゆらに来たあなたが紅緒だとわかったとき、嬉しくて仕方がなかったのです」

静かな声は、それでいて温かく柔らかかった。

突然抱き上げられたあのときのことが蘇った。そこからの豹変ぶりも。わずか十日ほど前のことなのに、とても懐かしく思えてしまう。

「あの小さく強い子が健やかに育っていたと知れたこと、それだけで十分でした。婚約に関しては全くの予想外で」

ほんとうに、と微かに笑う。その色に、暗いものはない。

「独りあの屋敷にいた頃には、こんなこと、全く想像していませんでした」

「あの屋敷、っていうのは里与さんの？」

「ええ。彼女が出ていってしばらくして、誰も住まなくなりました。建物は崩れゆき、庭は荒れるばかり。いずれ自分もここで朽ち果てると思っていましたから」

あの少女の夢を思い出す。あの少女が駆ける庭は、山奥とはいえ広くて立派なものだった。眞白の白椿以外にも、庭木や花があったはずだ。

それが荒廃し、そこに独り。思い出を語る相手もおらず。

猫又の、あの斑模様の黒豆を思い出した。彼もまたたくさんの人間と別れ、見送ってきたのだろう。

「いつかまた、思い出に独り浸る時が来るのなら、初めからないほうがいいのではないか。ずっと、そう思ってきました」

だから、と続けて眞白はふと口を閉じた。

長い睫が、影を落とす。

憂うるような、惑うような笑いがこぼれる。

「数日間ぐらいなら、大丈夫だと思ったのです」

「え？」

「まだ今なら、あなたと二度と会えなくなったとて、それほどのことではないだろうと」

風の音、川の音。

それだけが聞こえてくる。眞白の声を縁取るように。

「紅緒が言うように、どのような者にも隔てなく別れはいずれ来るのでしょう。きっと、私はまた送る側になるやもしれません」

その手が、私の頬に微かに触れた。

細くひんやりとした指先が、確かめるように私の輪郭をなぞる。

「足りないのです」

「……足りない？」

眞白の手に、自分の手を重ねた。

「いつか来るだろう別れの日のための思い出が」

そこに熱があった。

「情けないですが、全然大丈夫ではなかったのですよ」

その言葉に笑った。情けなくなんかないよ、と。お互い様でしょうと。

ようやく見せてくれた麗かな顔に、私は飛びついた。その胸に顔をうずめ、白檀の香りを感じる。そっと背に回されたその腕は、私を花束のように包み込んだ。

ああ、と息がもれた。

この感情をなんと呼ぶのかはわからない。愛とか恋とか、そんなありふれたものじゃつまらない。もしかしたらただ情が湧いただけかもしれないし、一時の気まぐれかもしれない。

だけど、後悔はない。

難しく考えたって仕方がないし。今を生きてるし。

明日私は死ぬかもしれない、隕石が落ちてくるかもしれない。数分先のことだって、誰も予想が出来ない。

だからこそ、今、これがいいと思うものを。

未来は、きっと悪くないと思えるものを。

木の葉ざわめく風が吹いた。

「そうかそうか、これはめでたい」

と同時に、聞き覚えのあるよく通る声が響いた。眞白とふたり一緒に驚き、ばっ、と身体を離す。

「玉依姫様、突然現れるのはおやめください」

大木の根本に神々しさの塊でしかない女神が座っていた。

「神は突然現れるもの。そもそも、ここは私の住まいだというに」

ふわりと浮いた玉依姫様がにっこりと笑った。

「まあなんにせよ、縁結びの神である私の前で結ばれたのだ。幸せを約束してやろう」

「え、結ばれたって……」

「なんだ娘、不服か」

すっと見下げられていえいえ滅相もないと首を振る。さすがに神に楯突く度胸はない……一応。

「よいではないか。それにこれで眞白も人間と関わる覚悟が出来たということであろう」

うふふ、と女神がほくそ笑んだ。

そういえば眞白は、神格がどうこう言われていたなと顔を見ると、うんざりした表情を浮かべていた。神になるのはそんなに面倒なことなのだろうか。灯青を見ている限り、そんなことはなさそうに思える。

とはいえ、人間の私はまだまだ知らない世界。灯青だってきっと数々の苦労をしてきているのだろう。たぶん。

「もし、神様になったら……いなくなったり、するの？」

ふと浮かんできた疑問を口にすると、眞白がはっと表情を変えた。

「なに、眞白が神になったところで今と大差ない」

「え、それならなにをそんなに嫌がって」

「嘘を教えないでください、玉依姫様。近隣の山々の管理をさせようとお考えなのは知っています」

山の管理、と意外なフレーズにふたりを交互に見てしまう。それはやはり椿のもののけだからなのだろうか。灯青がつくも神界隈のエリアマネージャーのように、眞白もそうなるということか。

「嘘ではないぞ。たとえ仕事が出来たとしても、ゆららに住むこともこの娘と結婚することも出来るからな。安心しろ紅緒、見た目が少々眩しくなるだけだ」

「あ、眩しくなるんですか……」

それはちょっと嫌だなと思ってしまった。玉依姫様はともかく、たしかに灯青もきらきらしている。あれが増えるのはこう……毒気が強すぎるというか。この見た目だし。

「まあその話はまたしようではないか、眞白。とりあえずほれ、まずはゆららに帰ってやれ」

玉依姫様はそう言って、手をひらひらと振った。

「きっとやきもきして待っておるぞ」

ふふふ、と笑うその顔は神々しい。眞白とふたり、目を合わせてから小さく笑う。それから深々と頭を下げたのも、同時だった。

ではな、と玉依姫様が消える。

心地のよい風が吹いた。

ここから、また始まる。

何度途切れても、私と眞白の思い出の続きが。

「では、帰りましょうか」

すっと手が出された。

白く、長く細い指。

はい、と私はその手を取る。

さやかに風が吹く。木の葉が揺れ、どこからか花の香りがやってくる。

日が傾いていた。世界は橙色に染まり、藍色へと変わってゆく。月が昇り、また朝が来る。

これからも、ずっとそうであってほしい。

大木の横に立て札がある。

そこには〝睦《むつみ》の木〟と書かれていた。

本書はフィクションであり、実在の人物および団体とは関係がありません。

京都上賀茂《きょうとかみがも》、神隠《かみかく》しの許嫁《いいなずけ》

かりそめの契《ちぎ》り

八谷《はちや》 紬《つむぎ》

2024年5月5日初版発行
2024年5月27日第2刷

発行者……………加藤裕樹
発行所……………株式会社ポプラ社
〒141-8210 東京都品川区西五反田3-5-8
JR目黒MARCビル12階

フォーマットデザイン 荻窪裕司（design clopper）
組版・校閲 株式会社鷗来堂
印刷・製本 中央精版印刷株式会社

ポプラ文庫ピュアフル

ホームページ www.poplar.co.jp
©Tsumugi Hachiya 2024 Printed in Japan
N.D.C.913/316p/15cm
ISBN978-4-591-18175-1
P8111376

京都老舗酒造のイケメン杜氏と
契約結婚……!?

華藤えれな
『京都はんなり、かりそめ婚　洛中で新酒をめしあがれ』

装画：pon-marsh

京都の趣深い建物に憧れ、リフォーム会社の契約社員として働く沙耶だが、余計なお節介をやいてしまいクビになる。途方にくれていた時に出会ったのは、小さいながら歴史のある酒蔵の杜氏・新堂。酒蔵の存続のため嫁探ししていた新堂と、沙耶は利害の一致から契約結婚することに――？「寺嫁さんのおもてなし」著者がおくる、仕事一筋のイケズ京男子とのかりそめ夫婦生活！

帝都にはびこるのは鬼かあやかしか？
魔眼を持つ契約花嫁が大奮闘！

江本マシメサ
『帝都あやかし屋敷の契約花嫁』

装画：とき間

大正時代、名家・久我家は当主の失脚により没落。御嬢様だったまりあは許嫁に婚約破棄され、下町のあばら家に住んでいる。そんな彼女が孔雀宮の夜会で出会ったのは、日本有数の名家である山上家の装二郎。しかし山上家には、帝都にはびこり夜な夜な事件を起こすあやかしを匿っているという不穏な噂があり、豪奢な住居もあやかし屋敷と呼ばれていた。両親への援助を条件にまりあはそこに嫁ぐことになって……？